从心所欲不逾矩

许渊冲

2021年4月 (100岁)

许渊冲汉译经典全集

王尔德

A Florentine Tragedy

Vera

翡冷翠悲剧
薇娜

许渊冲 译

商务印书馆
创于1897 The Commercial Press

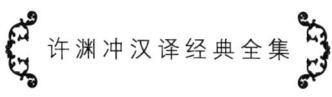

图书在版编目（CIP）数据

翡冷翠悲剧·薇娜 /（英）奥斯卡·王尔德著；许渊冲译.—北京: 商务印书馆，2021（2022.12 重印）
（许渊冲汉译经典全集）
ISBN 978-7-100-19402-0

Ⅰ.①翡… Ⅱ.①奥…②许… Ⅲ.①悲剧—剧本—作品集—英国—近代 Ⅳ.① I561.34

中国版本图书馆 CIP 数据核字（2021）第 022291 号

权利保留，侵权必究。

许渊冲汉译经典全集
翡冷翠悲剧
薇娜
〔英〕奥斯卡·王尔德 著

许渊冲 译

商 务 印 书 馆 出 版
（北京王府井大街36号 邮政编码100710）
商 务 印 书 馆 发 行
南京爱德印刷有限公司印刷
ISBN 978 - 7 - 100 - 19402 - 0

2021 年 3 月第 1 版	开本 765×965 1/32
2022 年 12 月第 3 次印刷	印张 4 3/8

定价：59.00 元

目 录

翡冷翠悲剧……………………………………… 1

薇娜……………………………………………… 25

序幕……………………………………………… 29

第一幕…………………………………………… 42

第二幕…………………………………………… 67

第三幕…………………………………………… 96

第四幕…………………………………………… 118

翡冷翠悲剧

剧中人物

基多·巴迪　翡冷翠①公爵之子

西蒙　商人

卞卡　西蒙之妻

剧情发生在16世纪早期的翡冷翠。

---

① 编者注：翡冷翠，即佛罗伦萨。

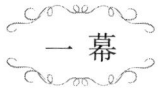

一幕

门开了,他们内疚地分开,丈夫走进来。

西　蒙　我的好妻子，你来得太慢了，跑来迎接你的丈夫岂不更好？来，接住我的大衣，先拿这一包。太重了。我什么也没有卖掉，只卖了一件呢大衣给主教的儿子，他想等他父亲死了再穿，并且希望这不会太久了。谁来了？怎么你在这里有朋友？当然是亲戚了，刚从外地回来的吧？住在一个没主人招待的家里？对不起，老兄，一个家没有主人只是个空空洞洞没感情的地方，没有酒的空杯子，没有钢刀的歪歪斜斜的剑鞘，没有阳光和鲜花的园地，我在此向你道歉，我亲爱的老兄。

卞　卡　这位不是你亲戚，也不是老兄。

西　蒙　既不是亲戚，又不是老兄！这叫我吃惊了。你这样彬彬有礼来接受我家不周到的接待？

基　多　我的名字是基多·巴迪。

西　蒙　怎么！你是翡冷翠大公爵的公子，你家高塔的丽影把明月的银光洒遍大地，我每晚都在窗前看见！基多·巴迪公子，欢迎你来，非常欢迎。我相信我忠实的妻子，非常忠实，虽然看起来不漂亮，但是不会胡言乱语使你厌烦，像一般的妇女那样。

基 多　你高雅的夫人美丽的明灯使闪烁的星斗都暗淡无光了。她剥夺了月亮女神灿烂的光辉，用甜甜蜜蜜、彬彬有礼的笑容来表示真心的欢迎，如果这能使她高兴，当然也能使你高兴，我愿常来你这朴实无华的小家。如果你有事在外不归，我可以常来陪伴，解除她的孤寂，免得她为过度的思念所累。你看怎么样，我的好西蒙？

西 蒙　我高贵的公子，你给我带来了如此高级的光荣，使我的舌头成了被绑住的奴才，怎么也说不出一句想说的话来。然而不表达我的感谢也太不成话。所以我对你表示衷心的感谢。

这就像编造一个情况，说一位王孙公子忘记了不公平的命运造成的分歧，居然像一个普通朋友来到一个普通人的普通家庭一样。

然而，大公子，我怕我太胆大妄为，换一个晚上，我想你也许会来作友好的访问，但今天晚上你最好是来买我的货物，好不好？丝的绒的，要啥有啥。我猜想你总会找到你喜欢的东西。的确，时间已经不早了，但是我们做买卖的人为了攒钱是不分昼夜的，虽然赚不到多少。但是税却收得很高，而且每个城各行其是，学徒又不心灵手巧，妻子更不会打情骂俏。虽然卞卡今夜给我带来了一位有钱的主顾，是不是，卞卡？但我是在浪费时间了。我的货物包呢？我的货物包呢？我说。打开看看，我的好老婆。解开绳子，跪到地板上。这样最好。不对，不要这个，要那一个。快点！快点！买客要等得不耐烦了，我们怎敢要他们久等呢？啊，就是这件。给我，小心点，这件很贵重，小心不要碰坏了。现在，我的贵客——不，对不起，我这里还有一块露嘉的缎子，是真正的玫瑰花银色衣料，编织得这样巧妙，只要加上香味，就可以骗人是真花了。不要碰它，公子，是不是软得像水，却又结实得像钢铁？还有这些玫瑰花，你说织得好不好？我看最爱玫瑰的山村，无论是贝若加多还是飞索，即使在鲜花盛开的春天也开不出来。几时开了，很快又会萎谢。这就是美好事物在风雨飘摇中的悲惨命运。自然和自己热爱的部分宣战，并且像美蒂娅一样杀死了自己的孩子。不，公子，请你再仔细看看这块波纹锦缎。为什么它能保持永恒的夏天，寒冬的利齿也无损于它的鲜花？因为每一尺缎子都花了我一块金币。亮得发红的金币，那是我精打细算得到的报酬。

基 多　老实的西蒙，我请你不要说了。我非常满意，我明天会要仆人来付给你双倍的价钱。

西 蒙　慷慨的小王爷！我要吻你的手。现在我想起了家里珍藏的另一件宝贝，你一定要看一看。那是一件国家的礼服，威尼斯人的织品，那材料、剪裁，每一个花样品种都是一颗珍珠：衣领全是珍珠，厚得像夏天夜里街上的灯蛾，白得胜过了疯子从监牢窗户中看到的黎明月色。一块燃烧的红宝石像是手中的煤炭。天父也没有这样的玉石，印度群岛的珍宝不能和它称兄道弟。工艺也稀奇古怪得令人叫绝，色丽丽没有做过更美丽的东西来讨伟大的洛朗佐的欢心。你一定要戴起来。我们城里没有更好的了，这给你戴上真是再好没有。一边是金色长角山羊跳起来去抓银色如水一般的女妖，另一边沉默女神手拿小如麦片的水晶招呼飞来飞去的小鸟，水晶制作得这样精巧，仿佛还会呼吸。卞卡，这件高贵的外衣是不是适合年轻的基多公子呢？不，求求他；他不会拒绝你的。虽然价钱高得像王子的赎金，你得到的不会比我少。

卞　卡　我又不是你的学徒，为什么要为你卖掉你的缎袍？

基　多　不是，好卞卡。我要买你的缎袍；还有这个老板所有的东西，我都要买。王子成了俘虏，总要赎出来的。不管什么贵族高官落到这样美丽的敌人手里总是走运的。

西　蒙　我不知所措了。你买我的货吗？你不买什么货？五万克朗也不够我的本。但是卖给你只要四万。这个价钱还高吗?那你说多少钱吧。我有个奇怪的想法,看到你在这些宫廷贵妇中间得到这样偏爱,使你成了花中之花,你到哪里,她们就追到哪里,追求你的恩宠。我还听说丈夫戴了绿帽子长了角也满不在乎,还觉得很时髦。

基　多　西蒙,你要管住胡言乱语的嘴巴。再说,你忘了这里还有一位千媚百俏的美人,她的耳朵怎么听得进这样粗俗的音乐?

西　蒙　的确,我忘记了,但不会再错了。不过,我的好公子,你买下这件国宾的礼服吧。你不买吗?只要四万克朗,对乔万里·巴迪的接班人说来,这算得了什么?

基　多　明天再和我的总管安东·柯斯达讲价吧。他会来找你的。啊!他一定会来,你可以得到十万克朗,这下可满意了吧?

西　蒙　十万克朗!你是说十万克朗?啊!我当然随时随地都很满意。让我欠下你这笔债吧。啊!从现在起,我的家,家里的一切都是你的,只属于你所有。十万克朗!我的头脑发涨了。我要比所有的商人都更富。我要买下葡萄园、土地、果园。从米兰到西西里都是我的，阿拉伯海不会说话的宝库都是我的。慷慨的王子，今夜会说出我感恩的先声，无论你要什么，我都不会拒绝你的。

基　多　如果我要美丽的卞卡呢？

西　蒙　你开玩笑了，公子，她配不上你这样伟大的贵人，只会管家织布。是不是，我的好老婆？就是这样。你瞧！家务等着你呢。坐下来纺织吧。女人在家里不应该无所事事，不动手就不会用心。坐下来吧，我说。

卞　卡　我织什么呢？

西　蒙　啊！织袍子吧，染成紫色，伤心人穿了就可以安慰自己，或者为不受欢迎的新生孩子织一条长边的尿布，让他哭得没人管也不要紧，或者用香草做尸衣的香料来包扎死人。你愿织什么就织什么，我可不在乎。

卞　卡　纺线断了，纺轮不断地转也转累了。纺车嫌纱压得太重，今夜不肯转了。

西　蒙　那不要紧。明天还可以织，每天你都要坐在织布机上。这样，达金就可以找到卢克霞①在等他。因此，卢克霞也可以等达金。谁知道呢？我听说过男人的妻子会做怪事。现在，公子，有什么新消息？今天我听说在比萨有某个英国商人要比官价还更廉价地拍卖羊毛织品，已经申请官家批准了。是不是商人对商人要像狼一样狠？是不是外国人住到我国来有特权夺取我们的利益？

基　多　你叫我拿商人和他们的利益怎么办？你要我为了你们的利益去和公爵大人斗争吗？难道要我穿上你们为傻瓜买的衣服，或者把衣服卖给更傻的买主吗？老实的西蒙，卖羊毛或者收羊毛是你的事。我的本事别有用处。

卞　卡　高贵的大人，请你原谅我这位好丈夫，他的思想老是留在市场上：一看见羊毛涨价就会

---

① 编者注：据罗马传说，卢克霞（Lucretia）是古罗马的一位贵族妇女，被伊特鲁里亚国王的儿子达金（Tarquin）奸污，这件事引起了推翻罗马君主政体的叛乱，从而使罗马政体从王国向共和国过渡。卢克霞成了传说中的贞妇名。

心跳。不过他是个老实人，做本分事。（对西蒙）你呢，你不觉得难为情吗？一位贵公子到我们这里来，你却说话用字老是用错地方。请他原谅你吧。

西　蒙　我的确要道歉。我们今夜谈点别的吧。我听说圣父今天送了一封信给法国国王，请他跨过阿尔卑斯山的雪峰到意大利来讲和，那可比兄弟内战更坏，比内部屠杀更血腥了。

基　多　（对西蒙）啊，我对法国国王已经感到厌倦了。他总是说来而又不来的。这些事和我有什么关系？还有别的事关系更密切，重要性更大呢，我的好西蒙。

卞　卡　（对西蒙）我看你使我们最尊贵的客人疲倦了。法国国王和我们有什么关系？就同你们英国商人和羊毛没有关系一样。

西　蒙　是这样吗？整个强有力的世界就缩到这么小的地步，只容得下这房间里的三个人了？啊，有时伟大的宇宙会在不熟练的纺织工手里缩小得只有一个巴掌那么大，也许现在这个时间已经到了！那好！就让这个时间来吧，把这个狭窄的小房间当作大舞台，让国王死在这里，让不值分文的生命变成老天的赌注吧。我不知道为什么要这样说。骑马已经使我疲倦。我的马有三次要跌倒了。这对任何人来说都不是好兆头。唉，公子，人的生命是多么可怜，我们可以多么便宜就被卖掉！我们生下来的时候母亲会哭，我们死的时候却没有人来哭我们。没有，一个人也没有。（走向舞台后方。）

卞　卡　他说话多像一个商人哟！我讨厌他，灵和肉都讨厌。他苍白的脸孔打下了懦夫的标记。他的手苍白得像白杨的树叶在刮风的春天摇摇晃晃，他吞吞吐吐的舌头说些空空洞洞的傻话，就像阴沟里的流水稀里哗啦。

基　多　好卞卡，他不值得你和我去考虑。这个人只是个非常简单的家伙，会在生活的买卖中说些好听的话，把最便宜的东西卖出最高的价钱，会在刮风天胡说八道。我从来没有碰到过这样的傻瓜。

卞　卡　但愿死神现在把他带走！

西　蒙　（转过身来。）谁说到死神来着？谁也不要提他。死和这样一个只有丈夫、妻子和朋友的快活家庭会有什么关系？让死亡到淫乱的家庭去吧，忠实的妻子厌倦了高贵的丈夫，拉上他们婚床的帐子，让污染了的不干净的被子去满足不合法的淫乱关系吧。啊！就是这个样子——说也奇怪，事实就是如此。**你**不知道这个世界，**你**太单纯，太老实了。我却知道得很清楚。但愿不是如此，不过聪明总是跟着冬天来的，我的头发已经花白，青春已经离开了我的身体。够了。今夜是满足欢乐的，的确，我要满足快活的要求，那才适合一个接待意外贵宾的主人。（拿起笛子。）这是什么，我的贵宾？怎么，你带了笛子来给我们演奏？啊，吹吧，我的好公子，如果我敢大胆请求，对不起，那就吹吧。

基　多　今夜不吹了。改天吧，西蒙。（对卞卡）你和我一起吹如何？只吹给星星和妒忌的月亮听。

西　蒙　不，公子！我只求你吹。我听过简单拨弄单弦的声音，听过柔和的气息吹奏芦笛的声音，也听过吹进精巧铜像冰冷的嘴里的声音，那些技艺精巧的人能吸引犯人的灵魂飞出监牢。我也听到过这样奇异的魔术怎么把纯洁无瑕的葡萄叶化为一头波浪起伏的秀发。算了吧。我知道你的笛子是从来没有为人吹过的。因此请你演奏吧，使甜蜜的音乐淹没我的耳朵。我的灵魂在监狱中正需要音乐来医治它的疯狂。好卞卡，你请我们的客人演奏吧。

卞　卡　不必担心，我们亲爱的客人会选择好时间和地点的。时间不是现在。你不客气的坚决要求已经使他厌烦了。

基　多　老实的西蒙，改天晚上吧。今夜听了卞卡低音的歌喉，多情的空气都入了迷，听得旋转的地球也静止不动了，只围着她的美色旋来转去啊。

西　蒙　你夸奖她也说得太过分了。她有的好处，多数女人都有，美色却不是她可以悬挂的招牌。那样也许更好。不错，亲爱的公子，如果你不愿用你笛子的歌声来镇静我混乱的灵魂，那就请你和我干一杯如何？（看看餐桌。）请入席吧。给我搬一个凳子来，卞卡。放下窗帘。坐到柜台那一边去。我不愿意好奇心重的酒客眯着眼睛来看我们是怎样寻欢作乐的。现在，公子，斟满你的酒杯，我们来痛饮吧。（吃惊退后。）桌布上的血迹是哪里来的？这紫红色看起来像是耶稣的伤口，难道这只是酒迹吗？听说有酒迹的地方就有血迹。这当然是胡说八道。公子，我相信你喜欢我的葡萄酒吧？拿波里的葡萄酒是血红的，就像它的火山一样。我们塔斯伽尼葡萄园的水果汁可要好得多呢！

基　多　我很喜欢，老实的西蒙，如果你同意，我们为美丽的卞卡干杯吧，等她的嘴唇像玫瑰的花瓣漂浮在酒杯上，那酒就要甜蜜得多了。尝尝吧，卞卡。（卞卡饮酒。）啊，西比利斯所有的蜜蜂产出的蜜比起卞卡嘴上的蜜来，都要显出苦味了。好西蒙，你不喝一杯吗？

西　蒙　说也奇怪，公子，我今晚不能和你同吃同喝。我的血管发脾气，发烧了。换个季节或者天气，这种思想会像毒蛇一样爬进我的血管，就像疯子从一间房跑到另一间来毒化我的胃口一样。使我不想喝，甚至讨厌喝了。（走向舞台一边。）

基　多　甜蜜的卞卡，这个做小买卖的啰啰唆唆，我要走了。明天再来。你看什么时候好？

卞　卡　早晨天一亮就来。看到你以前，我的生命都是空虚的。

基　多　啊！露出你夜半头发的影子，在你眼睛闪烁的星光中，我可以像在镜子里一样看到我自己的形象。亲爱的卞卡，虽然那只是一个影子，请你让它永远留在那里吧。如果不像我的模样，请你不要再看一眼。我会妒忌你眼睛中任何丰富的酒菜。

卞　卡　啊！你的形象会和我永远在一起。亲爱的，爱情会使微不足道的东西变成非常甜蜜的回忆。明天不等喜鹊唤醒世人的美梦，我就会站在阳台上等你。

基　多　镶满了珍珠的猩红丝梯会欢迎我。你的玉足会像玫瑰树上的雪花一样等我。

卞　卡　随你说吧。你知道不管是爱恨生死，我都是你的人。

基　多　西蒙，我要回家去了。

西　蒙　这么早就走？为什么？夜半钟声还没响呢。巡夜人像残月的号角还在楼内打瞌睡。再待一会儿吧。我怕你不再来了。这叫我难过。

基　多　不必担心，西蒙。我的友谊会坚持下去。不过今夜我要回家，并且立刻就走。亲爱的卞卡，明天再见吧。

西　蒙　那好，那好，就这样吧。我本来想和你多谈谈。我的新朋友，我的好客人。不过看来是做不到了。再说，我不怀疑你的父亲正在等你，他急于听到你的脚步声。而你，我想，是他唯一的儿子吧？他，没有别的孩子了。你是他家庭唯一的台柱，杂草丛生的花园里唯一的鲜花。你父亲的侄子并不喜欢他。至少翡冷翠人的舌头是这样说的。我的意思也不过就是如此；人家说他们羡慕你的遗产,用妒忌的眼光盯着你的果园,就像亚哈瞧着拿伯的田地一样①。不过,这只是城里人的闲言碎语,而女人尤其是贫嘴烂舌。再见,公子。拿一根松枝做火把,卞卡。旧楼梯坎坎洼洼,而月亮也像一个吝啬鬼舍不得她的光线,把脸藏在面纱后面,就像妓女拉客一样要他们一同犯法。现在我要给你拿外套和佩剑了。不,对不起,我的好少爷,我是应该侍候你的,你来到我家里,使我的墙壁都生辉了。你喝了我的酒,吃了我的碎面包,使你自己成了一个随随便便的客人,我的妻子和我不会忘记这一夜发生的大事。怎么,这样好的剑软得像条蛇,我不怀疑它杀人不见血。有了这样的刀,我看在艰苦的生活中也不必害怕什么了。我没有碰过这样的刀。我用的刀已经生了锈。我们爱和平的人知道要谦虚,要能忍辱负重,对不公平的事也不发牢骚,能忍受不公正的待遇,像犹太

---

① 编者注:典故出自《圣经旧约·列王纪上》(21:1-16)。

人会苦中作乐一样。但是我记得有一次去巴杜亚的路上，一个强盗要抢走我的马，我就割断了他的喉咙，抛下他走了。我能够忍辱负重，不怕冷嘲热讽，但是想要拿走我的东西，哪怕是一个杯子盘子——那他就是在冒生命的危险来因小失大了。我们男子汉是用什么奇怪的泥土做成的人啊！

基　多　你为什么这样讲？

西　蒙　我在想，基多公子，我的刀是不是磨得比你的快一点？要不要试一试？或者我的地位是不是太低，不够资格和你比剑，不管是认真的还是开开玩笑？

基　多　我最喜欢面对面和你交锋。不管手里拿的是真刀假刀。把我的剑拿来，也准备好你的刀。今夜要解决到底是王子的剑还是商人的刀更快这个大问题。这是不是你的意思？拿起你的刀来。你还迟疑什么，老兄？

西　蒙　公子，你对寒舍所表现的礼貌，这是最高级的了。卞卡，拿我的刀来。把桌椅推开，比武要有场地。好卞卡，你拿住火把，不要弄假成真了。

卞　卡　（对基多）杀了他，杀了他！

西　蒙　拿住火把，卞卡。（他们比武。）看刀，哈哈！看刀。（他被基多刺伤。）只是擦伤，不要紧。我眼睛只见火把。不要难过，卞卡，这不要紧。你丈夫只受了点伤，不算什么。拿块布来，绑住我的胳膊。不，不要太紧了。轻一点，我的好妻子。不要难过，我请你不要难过。不，拿走吧。我受点伤有什么关系？（撕下绷带。）又来了，又来了。（西蒙打败基多。）我的好公子，你看还是我赢了。我的刀更快，钢更好。我们来比赛匕首吧。

卞　卡　（对基多）杀掉他！杀掉他！

西　蒙　吹掉火把，卞卡。（卞卡吹灭火把。）现在，公子，不是你死，就是双亡，甚至三条命丧。（他们比武。）看刀，该死！你是不是在我掌握中了？（西蒙打倒基多，把他推到桌上。）

基　多　傻瓜，不要把你的手指卡住我的喉咙，我是我父亲的独子。国家只有我一个继承人，法国这个敌人正在等待我父亲这条线传不下去，好来夺取我们这个城市呢。

西　蒙　不要说了！你的父亲没有孩子会更高兴。至于国家，我看我们翡冷翠用不着偷情人来掌舵。你的生命会危害我们的百合花。

基　多　拿开你的手。拿开你该死的双手。放开我，我说！

西　蒙　不，你在做坏事的时候给我抓住了。你怎么说也没有用，你的生命线只靠一点羞耻心了，你的羞耻心也可耻地消失了。

基　多　啊！在我死前，要一个神甫来！

西　蒙　你要神甫来干什么？今夜对天父老实交代你的罪行。这就完了。对天父交代是再好不过的了，最怜悯人的天父都不怜悯你。那还有什么可说的？至于我呢？

基　多　啊！救救我吧，好卞卡！救救我，你知道我是没有做坏事的。

西　蒙　怎么，说谎的嘴唇还有生命吗？像狗一样伸出舌头来死掉吧！死吧！哑口无言的河水会满不在乎地把你的尸体送到海里去的。

基 多　主啊,今夜接受我倒霉的灵魂吧!(死。)

西 蒙　阿门。现在该轮到另外一个了。

　　　　(西蒙站起来瞧着卞卡。卞卡惊奇地走过来,瞪着眼睛,伸出双手。)

卞 卡　怎么你没告诉过我你力气这么大呀?

西 蒙　怎么你也没有告诉过我你这样美呀?

　　　　(他吻她的嘴。)

(闭幕)

薇娜

序幕人物

彼得·萨布洛夫 旅店店主
薇娜·萨布洛夫 店主女儿
  麦克 农夫
  柯登金 上校

地　点：莫斯科
时　间：1795年

剧中人物

沙皇伊凡

保尔·马拉洛夫斯基亲王　俄国总理大臣

彼得罗维支亲王

鲁瓦洛夫伯爵

德·波伊夫拉侯爵

拉夫男爵

柯登金将军

上校卫队长

侍从

以下为无政府主义者

彼得·切拉维支　主席

麦克

亚勒西·伊凡诺维支　医学生

马尔法教授

薇娜·萨布洛夫

士兵、同谋人等。

地　点：莫斯科

时　间：1800年

序 幕

  俄国旅店。布景是门外雪景,彼得·萨布洛夫及麦克上。

彼　得　（双手在火炉上取暖。）薇娜还没有回来，麦克？

麦　克　没有，彼得大爷。还没回来；去邮局要走三里路，再说她还要先喂奶牛，这该死的畜生很难由一个姑娘去对付。

彼　得　那你为什么不陪她同去？你这个小傻瓜，你不跟在她脚后面，她是不会喜欢你的。女人总是喜欢有人跟她找麻烦。

麦　克　她已经嫌我太麻烦了，彼得大爷，我怕她永远不会爱上我的。

彼　得　去你的吧，小鬼，她怎能不嫌你呢？你年纪轻，又不会发脾气。要是老天爷或者你母亲给了你另外一张脸，你也会像马拉洛夫斯基亲王的养狗人一样，会管上一个草场，养上村里最好的母牛的。一个姑娘还能想要什么呢？

麦　克　不过，薇娜，彼得大爷——

彼　得　我的孩子，薇娜的想法太多；我自己并不看重这些想法；没有这些想法我这辈子也过得很好呀；为什么我的孩子不可以一样过日子？只有一个德米特里！本来可以待在这里开旅店，在这困难的日子里，多少年轻小伙子要跳起来抢这个位子；他却鬼迷心窍，毛手毛脚要到莫斯科去学什么法律！他要知道法律有什么用？一个人只要尽他的本分，我说，就没有人会找他什么麻烦。

麦　克　啊！不过，彼得大爷，他们说：一个好律师可以随意违反法律，而且没有人能说他不对。

彼　得　这就是他们最大的本领。他就这样待在法律界，到现在四个月了，还没有给家里写过一个字的信来呢！

麦　克　得了，得了，彼得大爷，德米特里的信一定是送错了。——可能新来的邮差不识字；他看起来糊里糊涂的，而德米特里呢，他是村子里最能干的人。你记得在最寒冷的冬天，他怎么在仓库里射死一头大熊来的。

彼　得　啊，他射击的本领的确不错；我自己就从来没有像他射得那么准。

麦　克　至于跳舞呢，这两年过圣诞节的时候，他跳得三个提琴师都拉不动提琴了。

彼　得　对，对，他是个快活的男伴，倒是女伴跳得一本正经，有时几天都板着脸像个神父。

麦　克　薇娜却总是为别人着想的。

彼　得　那是她的错误，孩子。让上帝和我们的小神甫去照顾这个世界吧。修补邻居的茅屋可不是我的工作。去年冬天，老麦克在一场暴雪中坐雪车冻死了，后来苦难的时候一到，他的妻子儿女都饥寒交迫。但是这和我有什么关系？世界又不是我创造的，让上帝和沙皇去照顾这个世界吧。然而灾难又来了。还有黑死病跟着就来，神甫连埋葬都来不及，只好让他们死在路边——男女老少都一样。但是这和我有什么关系？世界又不是我创造的，让上帝和沙皇去照顾吧。两年前的秋天，突然洪水泛滥，孩子们的学校都给水冲走了。学校里的男孩女孩都淹死了。这个世界又不是我创造的——让上帝和沙皇去照顾他们吧。

麦　克　不过，彼得大爷——

彼　得　不，不，孩子，如果每个人都要把邻居的包袱背在肩上，那就没法子活了。（薇娜穿农家女装上。）好哇，我的女儿，你去得够久的了。——信在哪里？

薇　娜　今天没有信，父亲。

彼　得　我知道。

薇　娜　不过明天会有信的，父亲。

彼　得　该死，这个不听话的儿子。

薇　娜　啊，父亲，不要这样说；他一定是病了。

彼　得　啊！恐怕是得了浪费病吧。

薇　娜　你怎么能这样说他，父亲？你知道不是这样。

彼　得　那么，钱到哪里去了？麦克，你听我说。我把他母亲的遗产一半都给了德米特里，要他付莫斯科的律师费。他只写过三封信来，每次来信都还要钱。他得到了钱，但不是按照我的意思去用，而是按照她的意思去花费。（指着薇娜。）现在又过了五个月，马上就是半年了。我们却没有得到他的消息。

薇　娜　父亲，他就要回来了。

彼　得　啊！浪子总是要回头的；不过，不要让他在我们的家门上抹黑。

薇　娜　（坐下思考。）有什么坏事落到他头上了；他一定是死了！啊，麦克，想起德米特里来，我真难过。

麦　克　难道你除了他就不爱别人了，薇娜？

薇　娜　（微笑。）我也不知道；世界上除了爱情之外，还有这么多事情要做呢。

麦　克　别的事情都不值得做，薇娜。

彼　得　这是什么声音，薇娜？（听见金属的响声。）

薇　娜　（站起来向门外走去。）我也不知道，父亲。不像是母牛身上的铃声，否则，我就要以为是尼克拉从市场上回来了。啊，父亲！来的是兵士！——他们下山来了——有个兵士还骑着马呢，他们看起来真神气！——怎么还有几个人身上戴着锁链！他们一定是强盗土匪。啊！不要让他们进来，父亲，我不想看到他们。

彼　得　戴着枷锁的人！那么，我们的运气真好，孩子！我听说这是一条到西伯利亚去的新路。要把犯人带去开矿。但是我不相信，我的好

　　　　运气来了！行动吧，薇娜，行动吧！我到底快死也要发财了。这下不会没有好主顾来。一个老实人也不能放过随时随地从坏人身上发财呀。

薇　娜　这些人是坏蛋吗，父亲？他们做了什么坏事？

彼　得　我看他们就是神甫警告过我们的一些无政府主义者。女儿，不要站在那里发呆。

薇　娜　那么，我认为他们并不是坏人。

　　　　（外有士兵喊声；有口令声："立定！"俄国军官带领一队士兵上，后面跟着八个披枷戴锁的犯人。犯人衣衫褴褛，中有一人上场时匆忙把衣领拉到耳朵上，遮住面孔。有几个士兵守门，其他士兵坐下；犯人全都站着。）

上　校　店老板！

彼　得　我就是，上校。

上　校　（指着无政府主义者。）给这些人一点面包和水。

彼　得　（自言自语。）我看不出这个命令有什么特别。

上　校　至于我呢，你有什么合胃口的？

彼　得　有好的野味鹿肉，阁下——还有威士忌麦酒。

上　校　没有别的了?

彼　得　怎么没有? 还有威士忌，阁下。

上　校　这些乡下人怎么都是土头土脑的? 你这里还有比这好一点的房间吗?

彼　得　有的，阁下。

上　校　带我去吧。上士，要士兵在外面站岗放哨。不要让这些坏家伙和别人说话。也不许写字，你们这些坏家伙! 否则，就要抽你们鞭子。现在，给我上鹿肉吧。（对站在面前的彼得说。）不要站在这里碍事，你这傻瓜!（看见薇娜时问。）这个姑娘是谁?

彼　得　我的女儿，长官。

上　校　她识字吗? 会写字吗?

彼　得　啊，她会的，长官。

上　校　那就是个危险女人了。农家女可不该干这类事情。耕种你们的土地，收藏你们的粮食，缴纳你们的捐税，服从你们的主子——这就是你们的本分。

薇　娜　谁是我们的主子?

上　校　年轻的姑娘，这些男子汉就是问了和你一样的傻问题，要在矿山上关一辈子了。

薇　娜　那么，他们受到的处罚是不公平的。

彼　得　薇娜，闭住你的嘴巴，好吗！这是个傻丫头，长官，说起话来总是胡说八道。

上　校　女人就是说话太多。来吧，我的鹿肉呢？伯爵，我等着哩。你怎么这样看一个粗手笨脚的丫头？（同彼得和副官进入内庭。）

薇　娜　（对一个无政府主义者）你要不要坐下？你一定很累了。

上　士　过来，丫头，不许和我的犯人说话。

薇　娜　我要和他们说话。你要多少钱？

上　士　你有多少钱？

薇　娜　如果我把这个给你，你能不能让他们坐下？（脱下农村姑娘戴的手镯。）我就只有这个了；这本来还是我妈妈的。

上　士　好，看起来还不错，不知道重不重。你和这些人要谈什么？

薇　娜　他们又饿又累。让我去看看他们。

一个士兵　让这个丫头去吧，只要她给钱就行。

上　士　好，就让你去吧。要是上校看见了，你得跟我们走，我的好丫头。

薇　娜　（向无政府主义者走去。）坐下吧，你们一定累了。（给他们食物。）你们是什么人？

犯　人　无政府主义者。

薇　娜　谁给你们戴上锁链的？

犯　人　我们的父王沙皇。

薇　娜　为什么？

犯　人　因为我们太爱自由了。

薇　娜　（对那个埋头藏脸的犯人。）你要干什么？

德米特里　要把自由还给三千万人，他们在受一个人奴役。

薇　娜　（一听声音跳了起来。）你叫什么名字？

德米特里　我没有名字。

薇　娜　你的朋友呢？

德米特里　我没有朋友。

薇　娜　让我看看你的脸。

德米特里　你什么也看不到，只能看到脸上的痛苦。他们把我折磨成了这个样子。

薇　娜　（撕下他遮脸的头巾。）啊，天哪！德米特里，我的哥哥！

德米特里　不要说话，薇娜；要镇静。你一定不能让父亲知道；那会要了他的命。我本来以为我会给俄国自由的。有一天夜里我在咖啡店听人家谈自由，我以前从来没有听说过这个名词。他们似乎在谈一个神仙，我就参加他们的谈话。我的钱都花在这上面了。五个月前，他们抓住了我们，他们发现我印了报纸，要把我关到矿上去干一辈子，又不许我写信。我以为最好是让你们以为我死了；其实他们是把我们埋进了一个活人的坟墓。

薇　娜　（向四边一看。）你一定得逃走，德米特里。我可以代替你。

德米特里　这不可能。你只能为我们报仇。

薇　娜　我会为你们报仇的。

德米特里　听我说！莫斯科有一个地方——

上　士　犯人听着！——上校来了——小丫头，你该走了。

（上校、副官及彼得上。）

彼　得　我希望长官喜欢吃我的鹿肉。鹿是我亲手射到的。

上　校　你最好少说几句。上士,准备出发。(把钱给彼得。)给你,你这个骗子!

彼　得　我发财了!长官万岁。希望长官光临,经常走这条路。

上　校　老天在上,希望再也不走这条路了。这样冷。(对薇娜)小丫头,不要再问和你没有关系的事。我不会忘记你的小脸。

薇　娜　我也不会忘记你的,你的所作所为。

上　校　你们乡巴佬不做奴隶就不知天高地厚了,你们要搞政治就得先挨鞭子。上士,出发吧。

(上校转身走上舞台高处。犯人双行走出。德米特里走过薇娜身边时,让一张纸条落在地上,她赶快用脚踩住,动也不动。)

彼　得　(正在数上校给他的钱。)长官万岁。希望不久又能得到一笔。(忽然一眼看见德米特里出门,立刻高声尖叫,冲上前去。)德米特里!德米特里!天呀!怎么你也来了?他不是犯人。我告诉你们。我可以给钱。(把钱抛在地上。)把我的钱都拿走吧,把我的儿子还给我。坏蛋！坏蛋！你们要把他带到哪里去？

上　校　去西伯利亚，老头子。

彼　得　不，不，你们把我带走吧！

上　校　他是个无政府主义者。

彼　得　胡说！胡说！他没有罪。（士兵用枪把他推回店内，把门关上。他用手掌拍门。）德米特里！啊，德米特里！无政府主义者！（倒在地板上。）

薇　娜　（一动不动，然后捡起脚下纸条来读。）"莫斯科泽纳瓦亚街99号。扼杀我们的天性；既不爱人，也不要人爱；既不同情别人，也不要人同情；既不娶妻，也不嫁人，直到末日来临。"哥哥，我会记住誓言。（吻纸条。）我会为你报仇。

（薇娜一动不动站着，举手拿着纸条。彼得躺地板上。麦克刚走进来，弯腰看着彼得。）

（序幕完）

第一幕

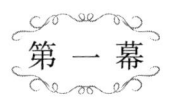

莫斯科泽纳瓦亚街99号。顶楼天花板上挂着一盏油灯,照亮了整个大房间。有几个戴着假面具的人默默无言地分开站着。一个戴着紫色假面具的人坐在桌前写字。后面是门。一个黄衣人拔出剑来站在门口。有敲门声。有几个穿斗篷、戴假面的人上。

人　声　残忍才能得到光明。

回　声　流血才能得到自由。

　　　　（钟声一响，造反派在舞台中央围成半圆。）

主　席　口令是什么？

造反派一　出生。

主　席　回答？

造反派二　入死。

主　席　什么时候？

造反派三　痛苦的时候。

主　席　什么日子？

造反派四　压迫的日子。

主　席　什么年代？

造反派五　法国革命第九年。

主　席　我们有多少人？

造反派六　十，九，三。

主　席　伽利略征服不了的世界，我们的任务是什么？

造反派七　给人自由。

主　席　我们的信条是？

造反派八　消灭。

主　席　我们的任务是？

造反派九　服从。

主　席　兄弟们，问题都回答得很好。来的都是无政府主义者，让我们互相看看真面目吧！（造反派脱下假面具。）

　　　　麦克，背诵誓词。

麦　克　扼杀我们的天性；既不爱人，也不要人爱。既不同情别人，也不要人同情；既不娶妻，也不嫁人，直到末日来临。夜里暗杀；杯里放毒；使父子斗，使夫妻斗；不害怕，没希望，没有未来，只受苦，只消灭对方，只报仇雪恨。

主　席　大家都同意吗？

造反派　大家都同意。（向舞台各方分散。）

主　席　时间过了，麦克，她怎么还不来？

麦　克　要她来了才好！她不来，什么也干不了。

亚勒西　她不会被抓走了吧，主席？我知道警察在跟踪她呢。

麦　克　你对莫斯科警察的行动似乎总是知道得太多——多得不是一个忠实的侦察员应该知

道的。

主　席　如果这些狗东西抓住了她，每条街道的栅栏都会挂起人民的红旗。好让我们去找到她！她要去参加大公爵的舞会实在是太糊涂了，虽然我已经警告过她，但是她说她不面对面地看到沙皇这孽种，决不罢休。

亚勒西　她去参加国家舞会？

麦　克　我倒不怕。她像一只母狼一样很难抓住，比母狼还更危险，再说她又伪装得很好。不过，王宫里今夜有什么消息没有，主席？那个血腥的霸主只会折磨他那独生的儿子。此外，你们当中有没有谁亲眼看见过他？有人听到过关于他的稀奇古怪的故事？他们说他热爱人民。哪有一个国王的儿子做过这种事？谁也养不出这样的儿子来。

主　席　自从一年前他从国外回来以后，他的父亲就把他关在王宫的一个小牢房里。

麦　克　这是一个好极了的训练，等到他做国王的时候，可以把自己培养成一个暴君。但是王宫有什么消息没有？我要知道。

主　席　明天四点钟要开一个会，讨论一个不让别人侦察到的办法。

麦　克　王宫的会议总是要讨论什么血腥计划的。但这个会议是在哪个地方开呢？

主　席　（读信。）是在一间用凯瑟琳皇太后命名的、挂着黄色窗帘的会议室里举行的。

麦　克　我不喜欢名字这样长的房间，我只要知道它在什么地方就行了。

主　席　我也说不出来，麦克。我知道监狱内部的情况比王宫里的情况多得多。

麦　克　（忽然问亚勒西。）你知道这个房间在哪里吗？

亚勒西　在一层楼靠近内院的一间房子里。你为什么要问呢，麦克？

麦　克　不为什么，不为什么，孩子！我只是对沙皇的生活和行动感到很大的兴趣而已，而我知道你能把王宫里的一五一十都告诉我。莫斯科每一个学医的穷学生对国王住的每一个地方都知道得一清二楚。这是他们的责任，是不是？

亚勒西 （旁白）难道麦克怀疑我了？他今夜的神气有点古怪。为什么她还不来呢？她一个人不来，革命的火种似乎都埋入灰烬了。

麦　克 你最近在你的医院里治好了许多病人吗，孩子？

亚勒西 有人病得要死。我就是想治也没办法呀。

麦　克 啊，那个人是谁？

亚勒西 是俄罗斯，我们的母亲。

麦　克 要治俄罗斯的病是外科医生的事，一定要开刀才行。我不喜欢你们用药的方法。

主　席 教授，我们读了你最近的文章校样；那的确写得很好。

麦　克 什么题目，教授？

教　授 我的好兄弟，题目就是《暗杀作为政治改革的一个方法》。

麦　克 啊！革命不太需要笔墨。一把匕首比一百个警句更起作用。不过，还是让我们读读这位学者最新发表的作品吧。把文章给我，我要自己读。

教　授 兄弟，你会读走行的，让亚勒西读吧。

麦　克　啊！他会像年轻的贵族一样游手好闲的。至于我呢，只要意思说清楚了，我可不管句子该停不该停的。

亚勒西　（读文章。）"过去属于君主，他们已经身败名裂；未来属于我们，我们要化破坏为神圣。啊！让我们建立神圣的未来吧；至少不要让革命在罪恶中成长，受到谋杀的毒害！"

麦　克　他们用刀和我们说话。我们也要用刀回答。亚勒西，对我们来说，你太软弱了，我们这里只需要能干苦活、染满鲜血的粗手。

主　席　不要说了，麦克！不要说了！他是我们最勇敢的心灵。

麦　克　（旁白）今夜他一定要勇敢。

（门外响起了雪橇的铃声。）

外面的声音　残忍才能得到光明。

守门的卫士　流血才能得到自由。

麦　克　外面来的是谁？

薇　娜　上帝保佑人民！

主　席　欢迎，薇娜，欢迎！在你回来之前，我们的心灵都害怕了。但是现在，我看到自由之星又来把我们从黑夜中唤醒了。

薇　娜　现在的确是黑夜，兄弟！黑夜星月无光！俄罗斯的心灵已被咬碎！那个被人称为沙皇的伊凡正在用匕首刺杀我们的母亲，那匕首是独裁专制为沙皇特制的谋财害命的武器。

麦　克　暴君现在已经干出什么勾当来啦？

薇　娜　明天就要在俄国宣布戒严。

大　家　戒严！那我们就完了！那我们就完了！

亚勒西　戒严！不可能！

麦　克　傻瓜！在俄国除了改革以外，没有什么是不可能的。

薇　娜　啊，戒严。人民最后的一点权利也被他们剥夺了。不用审判，不能上诉，甚至不能控告，我们的兄弟就这样被剥夺了房屋，在街上像狗一样给人打死，或者送到雪地里去冻死，在地牢里饿死，在矿山上暴死。你知道戒严令是什么意思吗？那就是扼杀一个民族的命令。街上日日夜夜站满了士兵，每家门口都有人放哨。没有人敢外出，到处都有侦探跟着，有坏人跟踪。我们画地为牢，躲在家里，只能偷偷见面，说话不能出气了。这样我们还能为俄罗斯做什么好事呢？

主　席　我们至少可以受苦受难吧。

薇　娜　我们的苦难已经受得够多了，现在是我们消灭他们来复仇的时候了。

主　席　在这以前，人民已经忍受了一切苦难。

薇　娜　那时因为他们什么也不理解。但是现在，我们无政府主义者使他们有了知识的大树，有吃有喝，俄罗斯人受苦受难无处诉说的情况已经一去不复返了。

主　席　这是对俄罗斯不失掉自由的保证。

薇　娜　这是革命的警钟。

麦　克　你肯定这是真的吗？

薇　娜　这就是他们的宣言。我自己在今夜的舞会上从保尔亲王的一个傻秘书那里偷来的，秘书奉命传抄，我要偷宣言，所以就回来晚了。

（薇娜把宣言交给麦克，麦克就读起来。）

麦　克　"为了保证公共安全——现在宣布戒严。奉人民之父沙皇之命。"沙皇成了人民之父啦！

薇　娜　对！父王的名义不能落空，他的王国要改成共和国，他的罪行不能宽恕，因为他掠夺了我们每天吃的面包。权力、正义、光荣都不能归于他，现在和将来，永远都不能属于他。

主　席　那么，明天开会也一定是为了宣布戒严。命令还没有签字呢。

亚勒西　我的舌头没有说话。那是不能签字的。

麦　克　我的拳头也还没有打下来呢。

薇　娜　戒严令！啊，天哪！一个国王要杀害他成千上万的百姓多么容易！这些人有什么可怕的神圣权力去使他们的双手胡作非为，使他们的匕首无恶不作，使他们的子弹肆意杀害无辜的百姓呢？难道他们不是和我们一样有感情，会受同样疾病的折磨，肌肉、血液和我们并没有什么两样吗？难道罗马人碰到的生活危机不会使他们发抖？难道他们的神经是钢铁炼成的，一点也不动摇？我要说，让这些拿波里、柏林、西班牙的傻瓜得瘟疫死掉吧！我觉得如果我面对面站在一个戴王冠的人面前，我的眼睛会看得更清楚，我的目标会更有把握，我整个身体会得到超过我本身的力量！啊，想想我们和自由欧洲之间的差距：几个老人，满面皱纹，身体衰弱，摇摇欲坠，一个孩子只要给他一个金币就可以把你扼杀，一个女人也可以在夜间把你刺死。而这些东西却阻碍了我们，使我们得不到民主，使我们得不到自由。不过现在我想，人的血已经吸干，大地已经生育过盛，我们不能让这些戴王冠的狗子再活下去，再污染上天的空气了。

齐　声　考验我们吧！考验我们吧！考验我们吧！

麦　克　我们也会考验你的，薇娜，总有那一天。

薇　娜　我请求上帝考验！难道我不是扼杀了自然给予我的一切吗？难道我不要维持我的誓言吗？

麦　克　（对主席说。）戒严令，主席！来吧，不能浪费时间了。在开会前我们还有十二个小时。十二个小时！不需要十二个小时就可以推翻一个王朝了。

亚勒西　薇娜！

薇　娜　亚勒西，你也在这里！傻孩子，我不是要你离开吗？

我们大家在这里的人都是注定了要提前死亡的，命里注定了要为我们做的好事而受苦受难，要提前死亡的。可是你呢，你的面孔这样年轻漂亮，这么早死未免太可惜了。

亚勒西　为国而死是不分年纪大小的！

薇　娜　你为什么每天晚上都来？

亚勒西　因为我爱人民。

薇　娜　但是你的同学会想念你的。难道你的同学中就没有叛徒？你知道大学里有多少侦探？啊，亚勒西，你一定得走！你看，受苦受难使我们拼了命干，但这不适合一个像你这样的年轻人。你一定不要再来了。

亚勒西　你为什么把我看得这样差劲？为什么我的兄弟受苦受难，我却应该活着？

薇　娜　你有一次和我谈到你的母亲，你说你爱她。啊，那就要为她着想吧！

亚勒西　我现在除了俄罗斯没有母亲了。她要我的生命可以随时拿去；不过，今夜我来看你，他们说你明天要到北城去了。

薇　娜　我不得不去。他们革命的热心已经冷下来了。我要去煽起革命的火焰，使欧洲的国王都会看瞎他们的眼睛。如果戒严令一下，他们那里就很需要我了。看来国王的残暴是没有限制的，但是人民的痛苦却应该是有限的。

亚勒西　上天知道，我是和你在一起的。但是你一定不能去。警察在每一辆火车里寻找你。只要一抓到你，他们已经得到命令，就可以不经审判，把你关进王宫地牢的底层。我知道，啊，不管怎么样，啊，想想看，没有你，我们的生活中就没有了太阳。人民怎么能失去他们的领导人？自由怎么能失掉宣传者？薇娜，你一定不能去！

薇　娜　如果你这样想，那我就留下来。我要为了自由而活得久一些，为俄国活得久一些。

亚勒西　假如你死了，俄罗斯就会受到沉重的打击；假如你死了，我就会失去一切希望——一切，薇娜。你带来的这个可怕的消息——戒

　　　　　严——是很可怕的。我本来不知道，说良心话，我本来不知道。

薇　娜　你怎会知道？这是有深谋远虑的。沙皇的白手染满了他杀害的人民的鲜血；他的灵魂和他的邪恶一样黑暗，他是个会耍手腕的阴谋家。啊，俄罗斯怎么会有两颗这样不同的心：你的心和他的心！

亚勒西　薇娜，沙皇并不总是这样的。他也有爱人民的时候。有一个时期他是爱人民的。是上帝诅咒的魔鬼保尔·马拉洛夫斯基亲王使他沦落到这个地步的。我要发誓，明天向沙皇为人民求情。

薇　娜　向沙皇求情！傻孩子，只有那些判了死刑的人才有机会见到我们的沙皇。再说，他哪里会在乎一个求情的呼声呢？一个强大的民族痛苦的呼声都不能感动这铁石心肠啊。

亚勒西　（旁白）不过，我还是要向他求情。他们最多也就不过杀人罢了。

教　授　宣言就在这里，薇娜，你看行吗？

薇　娜　我会看的。他多么漂亮啊！我看他从来不像今天晚上这样高贵。有这样一个人热爱自由，自由也可以算是有福气了。

亚勒西　那好，主席，你现在想的是什么？

麦　克　我们在想最好的杀熊法。（低声和主席谈话，并且把他带到舞台旁边。）

教　授　（对薇娜）我们巴黎和柏林的兄弟们来的信呢？我们应该怎样回答？

薇　娜　（机械地接过信来。）假如我没有扼杀天性，假如我没有发誓不要爱人，又不要为人热爱，我想我就会爱上他了。啊，我是一个傻瓜，自己就是一个叛徒，自己就是一个叛徒！但是他为什么要到我们中间来？他的脸孔这样年轻漂亮，他的心灵这样热爱自由，他的灵魂这样纯洁灵秀。他为什么有时会使我想到把他当作我的国王，虽然我是个共和主义者？啊，傻瓜，傻瓜，傻瓜！违背自己的誓言！像水一样软弱！一切都完了！要记住你是个——无政府主义者，无政府主义者啊！

主　席　（对麦克）你会遭到逮捕的，麦克。

麦　　克　我想不会。我会穿上皇家卫队的制服，而值班的上校是我们自己的人。你要记得，地点是在一层楼，我可以进行远射的。

主　　席　要不要我告诉兄弟们？

麦　　克　一句话也不要说，一句也不要说！我们中间有叛徒。

薇　　娜　得了，这些是宣言吗？对，是宣言；对，这就行了。送五百份到基辅，到奥德赛，到诺夫哥罗德去，再送五百份去华沙，还要多送一倍去南方各省，虽然那里糊涂的俄国农民不大在乎我们的宣言，更不管我们做出了多少牺牲。不过，我们受到打击，也一定是来自城市，不会是来自农村的。

麦　　克　对，打击用的是刀，不是锄头。

薇　　娜　波兰来的信呢？

教　　授　在这里。

薇　　娜　倒霉的波兰！给俄国鹰吃了心。不能忘记我们的兄弟！

主　　席　是这样吗，麦克？

麦　　克　是，我敢用生命打赌。

主　席　那么，把门锁上。亚勒西·伊凡诺维支，把这个名字作为莫斯科医学院的学生，登记在兄弟们的名册上。你为什么不把戒严令这个血腥计划告诉我们？

亚勒西　我吗，主席？

麦　克　是你！没有人知道得比你更清楚了。像这样的武器不是一天可以制造出来的。你为什么不早告诉我们？一个星期前我们还有时间去埋地雷，去竖立栅栏，至少可以为自由进行一次打击！但是现在，时间已经过去了！已经太晚了！你从前为什么要对我们保密呢？我要问你。

亚勒西　现在，用自由的名义，麦克，我的兄弟，你误解我了。关于那讨厌的戒严令，我一无所知。我用灵魂起誓，我的兄弟们，我一点也不知道！我怎么会知道呢？

麦　克　因为你是一个叛徒。我们上次在这里开会的那个晚上，你离开我们到哪里去了？

亚勒西　到我自己家里去了，麦克。

麦　克　说谎！我跟在你后面。你在半夜过了一个钟头之后离开了这里，用宽大的外衣把自己包了起来，在第二道桥外一里的地方坐了渡船过河，过河后还给了船夫一个金币。你这是一个医学院的穷学生吗？你向后转了两转，就在一个穹门下面藏了很久，我几乎恨不得一刀把你刺死，不过我喜欢打猎。于是，你以为你迷惑了追赶你的人，是不是？傻瓜，我是一头从来不会闻不到猎物气味的猎狗。我追你从一条街追到另一条，最后我看到你穿过了牛顿广场，对门卫低声说了秘密的口令，就拿你自己的钥匙打开了一扇便门，走进王宫里去了。

同谋造反者　王宫！

薇　娜　亚勒西！

麦　克　我就等着，冷眼旁观，等待了一个俄国的夜晚，等着用你手中炙热的叛徒宝剑把你刺死。但是你再也没有出来，再也没有离开那座王宫。我看见血红的太阳穿过黄色的浓雾照亮了朦胧的城市；我看见一个新的压迫人的日子又在俄国降临；但是你还没有出来。

那么你就是在王宫里过夜了,是不是?你从守门的卫兵口里知道了口令!你有一把开便门的钥匙。啊,你是一个探子——你是一个探子!我从来就没有相信过你,你柔软的白手,你卷起的头发,你从容的风度,你身上没有一点受苦受难的痕迹;你不可能是一个普通的老百姓。你一定是一个密探——一个密探——一个叛徒。

齐　声　杀死他!杀死他!(大家拔剑。)

薇　娜　(冲到亚勒西前面。)退后,我说,麦克!大家都退后!不要对他动手!他的心是我们中间最高贵的。

齐　声　杀死他!杀死他!他是一个密探!

薇　娜　你们要动他一个指头,我就再也不管你们了。

主　席　你没有听见麦克怎么说他吗?他整夜待在沙皇的王宫里。他知道出入王宫的口令,还有开便门的钥匙。如果不是探子,他是什么人呢?

薇　娜　呸!我不相信麦克的话。他是胡说!他是胡说!亚勒西,说:他是胡说!

亚勒西　他说的是实话。麦克说的是他看到的，我的确在沙皇的王宫里过了一夜。麦克说的都是实话。

薇　娜　站开，我说；站开！亚勒西，我不在乎。我相信你。你不会出卖我；你不会出卖人民。你是老实人，的确！啊，说：你不是探子！

亚勒西　探子？你知道我不是。我和你们站在一边，我的兄弟们，我到死也要和你们站在一起。

麦　克　啊，到你自己死了为止。

亚勒西　薇娜，你知道我说的是实话。

薇　娜　我当然知道。

主　席　那你为什么要到这里来，叛徒？

亚勒西　因为我爱人民。

麦　克　你能够为他们牺牲吗？

薇　娜　你们要杀他，麦克，就先杀了我吧。

主　席　麦克，我们不能没有薇娜。她的胡思乱想要让这个孩子活着。我们只好让他活过今夜吧。直到目前为止，他还没有出卖我们呢。

（外面有军队的脚步声，敲门声。）

声　音　开门，沙皇有命令！

麦　克　他出卖了我们。这就是你干的好事,探子!
主　席　走吧,麦克,走吧。我们要保住自己的脖子,不能互相扼脖子了。
声　音　开门,沙皇有命令!
主　席　兄弟们,戴上假面具吧。麦克,你去开门。我们只有这个机会了。

（柯登金将军领兵士上。）

将　军　老实的居民在半夜之前都要待在家里,不许有五个人以上在一起聚会。你们没有看到布告吗,好家伙?
麦　克　啊,你们的布告污染了莫斯科的墙壁。
薇　娜　不要乱说,麦克。不会的,长官,我们没有看布告。我们是到处演戏的戏班子,从撒哈拉演到莫斯科,要讨沙皇陛下的欢喜。
将　军　但是我进门前听到吵闹的声音,那是什么人呀?
薇　娜　那是我们在演一出新的悲剧呢。
将　军　你的回答太老实了,不像真的。得了,让我看看你们的面孔。脱下你们的假面具。老天在上,我的美人儿,如果你的身体像你的

　　　　 脸孔一样迷人，那你正是一个好把戏了。来吧，我说，我的好人儿，我要先看看你的面孔，别的人等着吧。

主　席　天哪！如果他认出了薇娜，我们就都完了。

将　军　不要献媚了，小姑娘。来吧，脱下你们的假面具，否则，我就我的兵士动手了。

亚勒西　站开，我说，柯登金将军！

将　军　你是什么人，好家伙，居然敢这样来对一个高级军官说话？（亚勒西脱下面具。）伊凡诺维支殿下。

齐　声　伊凡诺维支殿下！这下完了！

主　席　他要把我们交给这些大兵了。

麦　克　（对薇娜）你为什么不让我把他干掉？来吧，我们必须拼到底了。

薇　娜　等一等！他不会出卖我们的。

亚勒西　我忽然一下心血来潮，将军！你知道我父王把我关在王宫里，不让我看到外部世界。我的确闷得要死，只好在夜里化装出来，到城里随便浪漫一番。几个钟头之前，我就碰到了这些老好人。

将　军　不过，殿下——

亚勒西　啊，我敢对你说，他们都是好演员。如果你早到十分钟，你就会看到一出好戏的。

将　军　他们是演员吗，殿下？

亚勒西　是的，并且是想在国王面前，把假戏演成真的的演员。

将　军　说老实话，殿下，我本来希望抓住一大批无政府主义者的。

亚勒西　在莫斯科抓无政府主义者！还由你做警察头子？这不可能！

将　军　我也是这样禀告你父王的。不过，我在今天的会上听说有人在城里看见这一伙人的头子薇娜·萨布洛夫。你的父王一听，脸色立刻变得像外面堤上的雪一样白。我想，我还从来没见过这样惊慌失色的脸孔呢。

亚勒西　怎么，这个薇娜·萨布洛夫是个危险的女人了？

将　军　是全欧洲最危险的女人。

亚勒西　你见过她吗，将军？

将　军　当然，五年前我还是一个普通上校的时候，

将　军　殿下，我记得见过她。那时，她只是一个旅店的小招待。要是那时我知道她会变得这样厉害，我就会用鞭子把她打死在路边。她可以说不是一个女人，简直成了一个魔鬼。最近十八个月，我一直在找她。但只看到她一次，那是九月的事，在奥德赛城外。

亚勒西　你怎么放过了她呢？

将　军　我只是一个人，正要抓她的时候，她一枪打死了我一匹马。要是我再看到她，一定不会再放过这个机会的。你父王悬赏两万卢布，要她的脑袋呢。

亚勒西　我希望你能够得到这笔赏金，将军；不过，你同时吓坏了忠实的好百姓，打乱这个悲剧了。再见，将军！

将　军　好，不过，我想先看看他们的面孔，殿下——

亚勒西　不行，将军；你不能提出这个要求；你知道这些吉卜赛人不愿意人家瞪着眼睛看他们。

将　军　对，不过，殿下——

亚勒西　（高傲地）将军，他们都是我的朋友，这句话就够了。关于这次小小的奇遇,不要再多说一句了,你明白吗?我就要看你了。

将　军　我不会忘记的,殿下。要不要我们送你回王宫去?王家舞会快结束了,他们还等着你呢。

亚勒西　我会去的;不过我要一个人去。记住,关于我的流浪戏班子,一句话也不要说。

将　军　还有你漂亮的吉卜赛姑娘呢,呃,殿下?你漂亮的吉卜赛!说老实话,我走前还想看她一眼呢;即使戴了假面具,也看得出她的眼睛真美。好吧,再见,殿下,祝你晚安。

亚勒西　再见,将军。

(将军和士兵同下。)

薇　娜　(揭开她的假面具。)得救了!这都全靠你!

亚勒西　(握住她的手。)兄弟们,你们现在相信我了吧?

(第一幕完)

第 二 幕

　　王宫会议室，挂着厚壁毯。沙皇用的桌椅；后面是窗户，开向阳台。本场演出时，外面光线越来越暗。出场者——保尔·马拉洛夫斯基亲王、彼得罗维支亲王、鲁瓦洛夫伯爵、拉夫男爵、彼得罗晓夫伯爵。

彼得罗维支亲王　这样看来，我们年轻没头脑的莎勒维支到底得到了宽恕，又要回到他在这里开会的位子上来了。

保尔亲王　是的，如果开会不是一种更加严重的处罚。至少对我说来，我发现这些内阁会议的确累得人筋疲力尽。

彼得罗维支亲王　当然了，你总是爱说话。

保尔亲王　不对，那一定是因为我有时想仔细听听人家到底说什么。

鲁瓦洛夫伯爵　不论怎么说，说话总比像他那样关在监狱似的房间里，不许出去看看外面的世界好些吧。

保尔亲王　我亲爱的伯爵，对于一个像他这样浪漫的年轻人，远远地看看世界总是很好的。像他这样在一间可以有吃有喝的牢房里其实也不是个坏地方。

（莎勒维支王子上，朝臣起立。）

啊，你好，王子。殿下今天怎么看起来有点脸色苍白呀？

莎勒维支　（停了一下，慢慢地说。）我要换换空气。

保尔亲王 （微笑。）你的父王恐怕不会赞成改变俄罗斯的温度吧。

莎勒维支 （痛苦地）我的父王把我在牢房里关了六个月，今天早上忽然把我叫醒，要我去看如何吊死无政府主义者；这种血腥屠杀看得我心痛。虽然看到把这些人处死是多么高尚的事情。

保尔亲王 等你到了我这么大的年纪，王子，你就会知道：看到别人活得很痛苦却死得很舒服，没有什么比这更常见的了。

莎勒维支 死得舒服！没有人能告诉你这种经验，不管他活得多么痛苦。

保尔亲王 （耸耸肩膀。）人家常常把错误叫作经验，我却从来没有犯过这种错误。

莎勒维支 （痛苦地）没有，你们那一行犯的不是错，而是罪。

彼得罗维支亲王 （对莎勒维支）你的父王看见你出现在昨晚的舞会上，王子，他非常激动。

鲁瓦洛夫伯爵 （大笑。）我相信他以为无政府主义者已经打入王宫，把你带走了。

拉夫男爵　如果是那样，那你就错过一个迷人的舞会了。

保尔亲王　并且错过了一顿非常可口的晚餐。格林格瓦的确是做沙拉生菜的高手。啊！男爵，你可以笑我；做一个好生菜的确比菜单上任何炒菜都难得多。会做好的生菜需要一个漂亮的外交官——这两种职业完全是一样的。你一定要知道应该加多少香油，加多少酸醋。

拉夫男爵　厨子成了外交官！这真是一个绝妙的比喻。如果我有一个傻儿子，我一定要他不做厨子就做外交官。

保尔亲王　我看你的父亲并不是这样想的，男爵。不过，相信我，你把厨子看低，那就错了。在我看来，唯一能令人不朽的是发明一种汤菜。我没有时间去认真思考这个问题，不过，我感觉得到它一直在我心里，我觉得它一直在我心里。

莎勒维支　你一定搞错了你的行当，保尔亲王；蓝色绶带显然比大十字勋章更适合你。但是，你知道你不可能穿厨子的白围裙；你很快就会把它弄脏的，你的手不干净嘛。

保尔亲王　（弯腰。）那你要怎么办？我只能干你父亲干的这一行呀。

莎勒维支　（痛苦地）你把我父亲这一行干糟了，你真低级！你是歪曲他生活的歪才！在你来之前，他心中还剩了一点爱护人的感情。你一来就把他的性情变坏了。在他的耳朵里灌进了有毒的坏主意，使他被大家痛恨，使他成了今天的他——一个暴君。

（朝臣意味深长地你瞧着我，我瞧着你。）

保尔亲王　（冷静地）我看殿下并不想改变气氛。不过，我自己也曾经做过长子。（点着一支雪茄烟。）

我知道父亲不肯让位，有人是多么不高兴。

（莎勒维支走到舞台后的窗前向外一看。）

彼得罗维支亲王　（对拉夫男爵）傻瓜！他不怕流放吗？一不小心，还会有更坏的下场呢。

拉夫男爵　你说得对。老老实实是多大的错误啊！

彼得罗维支亲王　那是你唯一没有犯过的错误，男爵。

拉夫男爵　一个人只有一个脑袋，你当然知道，亲王。

保尔亲王　亲爱的男爵，可没有人想要你的脑袋呀。

（拿出鼻烟壶来，请彼得罗维支亲王用烟。）

彼得罗维支亲王　谢谢，亲王！谢谢！

保尔亲王　非常有味，是不是？我从巴黎直接买来的。不过，在那个糟糕的共和国什么东西都糟透了。"皇家排骨"随着波旁王朝没了，五香蛋也随着奥尔良没了，法国只剩下了糟糕厨子。

（波伊夫拉侯爵上。）

啊！侯爵，夫人身体好吧？

波伊夫拉侯爵　你应该知道得比我还更清楚，保尔亲王，你见到她的时候比我还多呢。

保尔亲王　（鞠躬。）也许我理解的她比你更多点，侯爵。你的夫人的确是一位迷人的女士，这么聪明机智，这么会讽刺人，我们在一起的时候，谈到的总是你啊。

彼得罗维支亲王　（看一看表。）皇上今天晚到了一点儿，是不是？

保尔亲王　你今天出了什么事啦，我亲爱的彼得罗维支？你看起来似乎乱了套。是不是又和你的厨子吵了起来？我怕又是。那对你真是一场悲剧；你会失掉你所有的朋友了。

彼得罗维支亲王　恐怕我还没有那么幸运。你忘了我还有钱袋呢。不过，你又犯了一个错误：我的领导和我关系好极了呀。

保尔亲王　那么你的债主或者薇娜·萨布洛夫一直和你通信吗？我发现他们都是写信的高手。不过，你的确用不着害怕。我发现他们所谓的行政委员会发表的最激烈的宣言堆得我满屋子到处都是。但是我从来不看，说来说去，拼写的错误太多了。

彼得罗维支亲王　你又错了，亲王；无政府主义者不知道为了什么原因偏偏把我忘了。

保尔亲王　（旁白）啊，对，我都忘了。置之不理是世界上对庸俗最好的回答。

彼得罗维支亲王　生活使我厌倦，亲王。歌剧季节一过，我就成了永远烦恼的牺牲品。

保尔亲王　你犯的是世纪病！需要新的刺激，亲王。等我想想——你已经结过两次婚了。假如你再试试——再恋爱一次怎么样？

拉夫男爵　亲王，我近来也想过好多次——

保尔亲王　（插话。）这太使我意外了，男爵。

拉夫男爵　我不理解你的意思。

保尔亲王　（微笑。）如果我的意思是要适合你的理解，而不是适合我自己的心意，恐怕我在世界上就要成一个可怜人了。

鲁瓦洛夫伯爵　生活中似乎没有什么你不可以拿来开玩笑的。

保尔亲王　啊！我亲爱的伯爵，生活太重要了，怎么可能认真谈论呢？

莎勒维支　（从窗前走回来。）我不认为保尔亲王的心意是神秘的。他为了要在朋友的墓碑上写一个警句，可以把朋友刺死，甚至为了体验一种感觉，就把生死置之度外。

保尔亲王　天呀！那我最要好的朋友还不如最凶狠的敌人呢。你知道，朋友只需要好心好意，如果一个人没有敌人，那一定是他有不如人的地方。

莎勒维支　（痛苦地）如果有敌人是衡量伟大的标准，那你简直可以算是一个巨人了，亲王。

保尔亲王　对，在俄国，除了你父亲之外，我是大家最恨的人，当然是在你的父亲之下，王子。话又要说回来，他似乎不太喜欢人家恨他，但是我可以告诉你，我却喜欢。（痛苦地）我喜欢我的车马走过街上的时候，群众从四面八方追着骂我。这使我觉得我成了俄国的权威、百万人之上的人物。再说，我并不想做一个群众中的英雄。一年戴上桂冠，第二年却矢石交攻；我宁愿安安静静地死在自己的床上。

莎勒维支　死了之后呢？

保尔亲王　（耸耸肩膀。）老天无情。我要以天为家。

莎勒维支　你难道从来没有想到过人民和他们的权利？

保尔亲王　人民和他们的权利使我厌烦，真是讨厌得要命。在现代的日子里，庸俗、无知、低级、恶毒似乎使人有了他们父母梦想不到的无限权利。相信我，王子，在一个好的民主社会里，每个人都成了贵族；但是这些要把我们推出去的俄国人却是禽兽不如，多数应该枪毙。

莎勒维支 （激动地）如果说他们无知、庸俗、低级、禽兽不如，那么，这是谁造成的呢？

（副官上。）

副　官　沙皇驾到。（保尔亲王瞧着莎勒维支微笑。）

（沙皇上。卫兵前呼后拥。）

莎勒维支 （冲上前去迎接。）父王！

沙　皇　（神经质地害怕。）不要走得太近，孩子，不要走得太近，我说！总有什么王位接班人对他父亲存心不良的。那边那个人是谁？我不认识他。他在那里干什么？他是不是一个阴谋篡位的家伙？你们搜查过他没有？要他明天招供，然后把他吊死——把他吊死！

保尔亲王　皇上，你在预言历史了。这一位是佩土晓夫，是你新任命的驻柏林大使。他是来行吻手礼接受任命的。

沙　皇　吻我的手？这中间有阴谋。他要毒死我了。去，吻我儿子的手吧！吻他的手也是一样。

（保尔亲王向佩土晓夫示意，要他走开。他和卫队同下。沙皇沉重地坐下，仿佛落入椅中。群臣相顾无言。)

保尔亲王 (走过去。)皇上要不要——

沙　皇 你为什么要这样惊动我?我什么也不要。(神经质地看着朝臣。)你的剑为什么咔嗒咔嗒响,老兄?(对鲁瓦洛夫伯爵)把剑拿下来,在我面前不要挂剑,(瞧瞧莎勒维支。)尤其是你,我的皇儿。(对保尔亲王)你不是生我的气吧,亲王?你不会抛弃我吧,你会吗?说你不会抛弃我。你们还要什么?你们要什么有什么,什么都有。

保尔亲王 (弯腰鞠躬。)皇上,有你的信任就够了。(旁白)我怕他要报复,又要赏我一个奖章了。

沙　皇 (回到宝座上。)那好,诸位。

波伊夫拉侯爵 我很荣幸要给皇上面交一份报告,那是大安琪儿省最近对谋杀皇上表示恐惧的一个报告。

保尔亲王 你应该说是最近三个报告中的第一个,侯爵。你没有看到日期是三个星期前写的吗?

沙　皇 大安琪儿省的人民都是好样的——忠诚老

  实的百姓,他们非常爱我——简单忠实的百姓;赏给他们一个圣名吧,那又不要花钱的。好了,亚勒西(转向莎勒维支。)——今天早上绞死了多少反贼?

莎勒维支 绞死了三个,父王。

沙　皇 应该绞死三千个。我希望上帝只给了这些人一个脖子,那我只要一根绞索就可以把他们都绞死了!他们有没有说出什么来?还牵连了什么人?他们招认了什么?

莎勒维支 没有招认什么,父王。

沙　皇 他们应该受到重刑折磨;为什么没有折磨他们?难道总是把我蒙在鼓里和他们斗?怎么老也不让我知道这些叛徒是从什么根子上出来的?

莎勒维支 这些老百姓不满意的根本还不就是统治他们的人粗暴又不公平。

沙　皇 你说什么,孩子?粗暴!粗暴!难道我是一个暴君?我不是的。我爱老百姓呀。我是他们的父王。每一张官方的公告都是这样说的。要注意,孩子,要注意。你说的糊涂话似乎还没有改过来呀。(走到保尔亲王身边，把手放在他肩上。)保尔亲王，你告诉我，今天早上是不是有很多人看着无政府主义者绞死？

保尔亲王　在俄国，皇上，绞刑当然不像三四年前那样新鲜了。你当然知道，老百姓即使对最精彩的娱乐也是很容易感到厌倦的。不过，广场上和屋顶上倒的确是挤满了观众的。是不是，王子？（对别有所思的莎勒维支说。）

沙　皇　这就对了。所有忠诚的老百姓都应该来看。那指示他们怎样前进。你有没有在群众中逮捕什么人？

保尔亲王　有，皇上，逮捕了一个痛骂皇家的女人。（莎勒维支吃了一惊。）她是两个罪犯的母亲。

沙　皇　（瞧着莎勒维支。）她应该感谢我免得她受孩子的牵连，把她送到监牢里去。

莎勒维支　俄国的监牢已经关得太满了，父王；没有地方再关更多的犯人。

沙　皇　那就是他们死得还不够快。你应该立刻把更多犯人关进牢房。你还没有让他们在矿山上留得太久，否则，他们一定会死掉的；你们都是心肠太善了一点，我自己也是太善了。把她送到西伯利亚去，她肯定会在路上死掉的。（一副官上。）谁来了？他是谁？

副　官　皇上有信。

沙　皇　（对保尔亲王）我不想看。也许信里有什么话要说。

保尔亲王　如果信里没有什么话要说，那就太令人失望了。（拿起信来就读。）

彼得罗维支亲王　（对鲁瓦洛夫伯爵）那一定是什么不好的消息。我一看他脸上的笑容就知道得太清楚了。

保尔亲王　信是大安琪儿省警察局长寄来的，皇上。"省长回家走进院子的时候，给一个女人一枪打死了。凶手已经被捕。"

沙　皇　我对大安琪儿省的老百姓从来就不相信。他们是一伙无政府主义者，一伙阴谋犯罪的人。

保尔亲王　皇上应该更加严格处理，给他们一个更心狠手辣的新省长。两个月他们打死了三个省长。(自己微笑。)皇上,请容许我推荐你的忠臣波伊夫拉侯爵作为大安琪儿省的省长。

波伊夫拉侯爵 (赶快站起。)皇上,我不配担任这个职务。

保尔亲王 侯爵,你也太谦虚了。相信我,俄国没有一个人会比你更适合当大安琪儿省长的。(低声对沙皇说。)

沙 皇 说得不错,保尔亲王;你总是说对了的。赶快把侯爵的任命状写好。

保尔亲王 他今夜就可以上任,皇上。我的确会非常想念你的,侯爵,我非常欣赏你对美酒和美人的欣赏力。

波伊夫拉侯爵 (对沙皇)今夜就上任吗,皇上?

(保尔亲王低声对沙皇说话。)

沙 皇 对,侯爵,今夜就走;越快越好。

保尔亲王 你走之后,我不会让侯爵夫人太孤独冷清的,所以,你可以不必为她提心吊胆。

鲁瓦洛夫伯爵 (对彼得洛维支亲王)那我更得提心吊胆了。

沙 皇 大安琪儿省的省长都会在自己的院子里给一

个女人枪杀，那我在这里也不安全了。只要有了那个革命党的女魔王薇娜·萨布洛夫，莫斯科哪里还有安全的地方？保尔亲王，那个女人还在这里吗？

保尔亲王　他们说她昨夜还在大公爵的舞会上，我很难相信；不过，她今天一定会去新城，皇上。警察在每一辆火车上搜查。不知道她为什么还不走，是不是有人警告过她了？不过，我总会抓到她的。追寻一个漂亮女人总是令人兴高采烈的。

沙　　皇　你一定要用警犬把她逮住；她一逮到，我要把她的手脚切成一块一块，我要把她吊在绞刑架上，一直吊到她惨白的尸体扭扭曲曲像一张白纸，再丢在火里烧掉。

保尔亲王　我们要赶快对她进行一次追捕，皇上！亚勒西王子会帮我们干的，我敢肯定。

莎勒维支　要干掉一个女人，你用不着别人帮你，保尔亲王。

沙　　皇　薇娜这个无政府主义者在莫斯科！天呀，那还不如立刻让我像狗一样死掉，也比现在活着好啊！永远睡不着觉，或者睡着做可怕的噩梦，比起这些噩梦来，地狱也成了天堂。除了我收买的人，没有人可以相信，而我收买的人又怎能值得相信呢！每个微笑中都可以看出叛变，每个菜盘里都放了毒药，每一只手里都握着一把匕首！夜里醒来睡不着觉，一个小时一个小时听到杀人凶手偷偷的脚步声，听到他们埋藏该死的地雷！你们都是他的密探，你们都是密探！而你最坏——你，我亲生的儿子！你们哪一个把那血腥的宣言放在我的枕头底下，或者放在我的餐桌上面？你们哪一个是出卖我的叛徒？天呀！天呀！我想起了从前和英国打仗的时候，什么也不能使我害怕。（说时更加镇静，更带感情。）我曾经骑马冲进战争的粉红色中心，夺回这些野蛮的岛民从我们这里抢走的一只雄鹰。大家都说那时我是英雄。我的父王给了我这个铁打的十字架勇士勋章。啊，怎么受得了他现在看到我脸上戴着懦夫的面具！（倒在椅子里。）当我还是孩子的时候，我只是让恐惧统治着我，现在让什么呢？（惊起。）我要得到报复了；我要得到报复了。夜里我每个小时醒着躺在床上，等待着绞索或者刺刀，他们就要这样在西伯利亚度日如年，在矿上过几个世纪！啊！我要得到报复了。

莎勒维支　父王，可怜可怜老百姓吧。他们需要什么，就给他们什么吧。

保尔亲王　皇上，开始就用得上你自己的脑袋。他们特别喜欢你的脑袋。

沙　　皇　老百姓！老百姓！这是我放出来吃我的老虎；不过我要和他们斗争到死。我不能半途而废。我要一举摧毁这些无政府主义者。我不要他们中的一个人活着，啊，也不要一个女人活在俄国。难道我是白白活在俄国吗？难道一个女人就能使我进退两难？薇娜·萨布洛夫一定要抓到，我发誓，不等一个星期过完，即使我把整个城市烧掉，也要把她找到。我要用皮鞭把她活活打死，把她关在监牢里出不了气，还要把她在广场上当众杀掉。

莎勒维支　啊，天哪！

沙　皇　两年来她的手卡住了我的脖子，两年来她使我生活在地狱里，但是我要报复。戒严，亲王，全国戒严，这才可以出了我这口怨气。这是一个好办法，亲王，对不对？一个好办法。

保尔亲王　并且是一个非常经济的办法，主上。可以在半年内减少你多余的人口。还可以减少你在法院里的开支，那些开支都是不需要的。

沙　皇　说得很对。俄国的人太多了，花在他们身上的钱太多。花在法院的钱也太多。我要把法院都关掉。

莎勒维支　父王，你先要考虑考虑——

沙　皇　你什么时候可以准备好布告，保尔亲王？

保尔亲王　半年前就印好了，皇上。我早就知道你会用得上的。

沙　皇　那好！那太好了！立刻开始实行。啊，亲王，如果欧洲每个国王都有一个像你这样的大臣——

莎勒维支　那欧洲就没有几个国王了。

沙　　皇　（吓得低声对保尔亲王说。）他这样说是什么意思？你信得过他吗？把他关在监牢里还没有把他管好？要不要把他放逐？要不要——？（低声）保罗皇帝就这样做过。凯瑟琳皇太后（他指着墙上的画像。）也做过。我有什么不可以的？

保尔亲王　皇上不必担心。王子是个很聪明的年轻人。他假装关心人民，却住在王宫里；他口里说社会主义，用的钱却可以养活一个省。总有一天他会发现：医治共和主张的良医还是一顶王冠，他就会脱下民主的"红帽子"，用来做他首相的装饰品了。

沙　　皇　你说得对。如果他真爱老百姓，就不会是我的儿子了。

保尔亲王　只要他和老百姓在一起半个月，他们的午餐就会治好他的民主病。我们要不要开始，主上？

沙　　皇　读布告吧。诸位，请坐好。亚勒西，总有一天，你会这样做的。

莎勒维支 我已经听得太多了。(在桌前就座。鲁瓦洛夫伯爵和他低声说话。)

沙　皇 你们低声说些什么,鲁瓦洛夫伯爵?

鲁瓦洛夫伯爵 我是给王子殿下一点忠告,皇上。

保尔亲王 鲁瓦洛夫伯爵是节约的典型,皇上;他总是把自己最需要的东西送人。(把布告放在沙皇面前。)我看,皇上,你会批准贴这张布告的。——"人民爱护的""人民的父亲""戒严",还有最后一行关于"天意"等等的老一套。现在需要的就是皇上的签字了。

莎勒维支 父皇!

保尔亲王 (匆忙地)我答应皇上:只要皇上在布告上签字,就可以在六个月内消灭俄国的无政府主义者,消灭俄国的无政府主义者。

沙　皇 再说一遍!消灭俄国的每一个无政府主义者;消灭那个女人,他们的头子。她敢在我自己的城市里向我挑战?保尔·马拉洛夫斯基亲王,我封你为整个俄国的陆军大元帅,好让你执行戒严令。拿布告来,我要立刻签字。

保尔亲王 （指着布告。）就在这里，皇上。

莎勒维支 （跳起来把双手放在布告上。）等一等！我要告诉你们：神甫夺走了老百姓的天国，你们又要夺走他们地上的国土。

保尔亲王 王子，我们现在没有时间浪费。这个年轻人要坏事了。快快拿起笔来，皇上。

莎勒维支 怎么！难道扼杀一个民族，谋害一个国家，破坏一个帝国是一件小事？我们是什么人，怎么敢把这样恐怖的布告贴在老百姓身上？难道我们干的坏事比他们少？可以把他们带到法庭上来接受我们的审判？

保尔亲王 王子怎么成了一个共产主义者！他对财产的分配不也犯了一样的罪吗？

莎勒维支 老百姓和我们晒的是同一个太阳，呼吸的是同样的空气，生长的是同样的血肉，他们和我们有什么不同？除了我们吃得饱饱的而他们饿得肚子空空的，他们天天劳动而我们无所事事，他们生病而我们却在放毒，他们死亡而我们还在扼杀他们。除此之外，我们和他们还有什么不同?

沙　皇　你怎么敢——

莎勒维支　为了老百姓,我没有什么不敢的;而你们却剥夺了老百姓应该有的权利。

沙　皇　老百姓没有什么权利。

莎勒维支　那他们就受到了最错误的对待。父亲,他们为你赢得了战争的胜利,从波罗的海松林到印度的棕榈海滨,他们乘着胜利的旋风为你取得光荣的皇冠!我的年龄虽小,但我看见生龙活虎般的老百姓出生入死,横扫战争的高原平地;对,从战争的天平上取得了危险的胜利。而我们的老百姓就是在血腥的月光下展翅高飞的雄鹰。

沙　皇　(有点感动)那些人已经死了。我能为他们做什么呢?

莎勒维支　什么也做不了。战死的老百姓是安全的,你现在不能再加害于他们了。他们将永远在地下安眠。有的躺在土耳其的清泉之畔,有的在瑞典和丹麦风吹雨打的高山之下!但是这些活着的老百姓,这些我们活着的兄弟,你对他们做了什么好事呢？他们只要求吃一点面包，而你给他们的却是矢石交加。他们要求的不过是人身的自由，你给他们的却是蛇蝎的毒牙利齿。是你自己撒下了革命的火种。

保尔亲王　我们不是也收割了麦子吗？

莎勒维支　啊，我的同胞们！你们还不如死在枪林弹雨和大炮的呼啸声中，也比回来过现在这样该死的日子更好呢。森林中的飞禽都有巢穴，野外的走兽也有洞窟。但是俄国的人民打出了一个天下，却没有藏身之处。

保尔亲王　他们的头目却有他的断头台。

莎勒维支　他们头目的断头台！啊！你们消灭了他们的灵魂，现在你们又要消灭他们的身体。

沙　　皇　不知天高地厚的孩子！你忘了谁是俄国的帝王吗？

莎勒维支　没有。上天的意思是人民应该统治，你只应该是一个牧羊人。而你却像一个雇工一样逃避你的责任，让狼群来咬你的羔羊。

沙　　皇　把他带走！把他带走，保尔亲王！

莎勒维支　上帝给了人民说话的舌头，你却割了他们的舌头，要他们在痛苦中装聋作哑；要他们在受苦受难的时候不说话！但是上帝给了他们双手来打击，他们就会打击！啊！从这块不幸的土地上劳动得了病的母胎中会生出血腥的孩子来革命，来杀掉你们。

沙　　皇　（跳起。）魔鬼，凶手！你怎敢还没有胡子就当着我的面这样胡刺？

莎勒维支　因为我是一个无政府主义者。

（群臣惊起；片刻无言。）

沙　　皇　一个无政府主义者！我养了一只蛇蝎，错爱了一个反贼，难道这就是你血腥的秘密？保尔·马拉洛夫斯基亲王，俄国兵马大元帅，逮捕这个莎勒维支！

群　　臣　逮捕莎勒维支王子！

沙　　皇　一个无政府主义者！如果你和他们一同播种，就该和他们得到一样的回报！如果你和他们谈过话，就该和他们一起烂掉舌头！如果你和他们活在一起，就该同他们一起死掉！

彼得罗维支亲王　死掉!

沙　皇　所有的子孙都该受到诅咒,我说!如果会养出这样的毒蛇猛兽来,那俄国人就不该结婚!逮捕莎勒维支,我说!

保尔亲王　莎勒维支,奉皇上命,我要你交出宝剑来。(莎勒维支把剑放在桌上。)

莎勒维支　你会发现它没有沾染过血。

保尔亲王　傻孩子!你生来就不是一个阴谋家。你还没有学会保密。英雄主义在王宫里是没有立足之地的。

沙　皇　(沉重地坐到皇位上,眼睛还盯着莎勒维支。)天呀!我的亲儿子反对我,我自己的骨肉反对我;但是我现在全部摆脱了他们。

莎勒维支　如果要为人民而死,我已经准备好了。俄国的无政府主义者多一个或少一个,并没有什么大关系。

保尔亲王　(旁白)大有关系,我敢说,尤其是对无政府主义者。

莎勒维支　我属于的兄弟会有成千像我这样的人,还有上万更好的人。(沙皇惊动。)自由之星已经升起。我听见远处民主的海浪已经惊涛拍岸了。

保尔亲王 （对彼得罗维支亲王）在那种情况下,你和我最好是学会游泳。

莎勒维支 父王,皇上,帝国的主子,我不是为了我个人的生命,而是为了老百姓兄弟才这样说的。

保尔亲王 （尖酸地）王子,你的老百姓兄弟对他们的生活并不满意,他们还要侵犯他们的左邻右舍呢。

沙　　皇 （站起。）我已经害怕得恼火了。我现在不再害怕恐怖。从今天起,我要向百姓宣战——用战争来消灭他们。他们怎样对付我,我就怎样对付他们。我要把他们压得粉碎,把他们的骨灰撒在空中。每一户人家都要派一个探子去,每一个家庭都要有一个反对派,每一个村庄要有一个刽子手,每一个广场要有一个绞刑架。传染病、麻风病、热死病都不如我的愤怒更要他们的命;我要使每一个边境都成为一个坟场,每一个省份都成为一个麻风病院。要用刀剑来治病。我也要使俄国得到太平，哪怕是死人的太平也行。谁敢说我胆小？看，我要粉碎踩在脚下的百姓。（从桌上拿起莎勒维支的剑来，踩在脚下。）

莎勒维支　父亲，小心你踩的剑会反过来伤害你。老百姓受苦太久了，最后会用血手来报复的。

保尔亲王　呸，老百姓枪法不好，总是打不准的。

莎勒维支　有时老百姓却是上帝的鞭子。

沙　皇　啊，那时国王就是上帝派来用鞭子的人。啊，我自己的儿子，在我自己家里！我自己的亲骨肉居然反对我！把他带走！把他带走！要我的卫队来。（皇家卫队上。沙皇指着站在舞台边上的莎勒维支说。）把他带到莫斯科最黑暗的监牢里去！不要让我再看见他的面孔。（莎勒维支正被带走。）不，不要带走！我信不过卫兵。他们都是无政府主义者，他们会让他逃走，他会杀了我，杀了我！我要亲自把他关进牢房，还有你和我同去。（对保尔亲王说。）我相信你，你不会怜悯他。我也不会。啊，我自己的儿子反对我：天气多热！空气闷死人！我觉得要晕倒了，好像有什么东西在喉咙里。打开窗子，我说！滚开！滚开！我受不了他的眼光。等一等，等等我。空气闷人。（推开窗子，走上阳台。）

保尔亲王 （看表。）晚餐错过了。政治多讨厌，大儿子多讨厌！

街上喊声 老天保佑老百姓！（沙皇中了枪弹，一步一瘸地走回房间。）

莎勒维支 （冲脱卫队，跑了过来。）父亲！

沙　　皇 杀人犯！杀人犯！是你干的，杀人犯！（死。）

（第二幕完）

第三幕

布景如第一幕。黄衣卫士拔剑守门。

幕后声　打倒暴政。

回　答　人民胜利！（重复三遍。）

（造反派上，围成半圈，戴假面具，穿长外套。）

主　席　几点钟了？

造反派一　钟声刚响。

主　席　什么日子？

造反派二　马拉特日。

主　席　什么月份？

造反派三　自由之月。

主　席　我们的责任是？

造反派四　服从。

主　席　我们的信条是？

造反派五　天呀，主席先生，我不知道你有什么信条。

造反派　探子！探子！脱下他的假面！脱下他的假面！他是探子！

主　席　把门关上。这里有非无政府主义者在场。

造反派　脱掉他的假面！脱掉他的假面！杀掉他！杀掉他！

（脱掉造反派五的假面具。）保尔亲王！

薇　娜　魔鬼！谁要你到这虎穴里来的！

造反派　杀掉他！杀掉他！

保尔亲王　说老实话，诸位先生，你们的欢迎也太不客气了。

薇　娜　欢迎！除了匕首和绞索，我们还能用什么来欢迎你？

保尔亲王　的确，我真不知道无政府主义者是这样排外的。我向你们保证，如果我不是经常出入最高级的社会和最低级的造反派团体，我怎能当上俄国的总理大臣呢！

薇　娜　老虎不会改变它的天性，毒蛇不会不长毒牙。难道你会转变成一个爱人民的人？

保尔亲王　我的天呀，不会，小姐！我宁愿在会客厅里胡说八道，也不愿在地下室里乱谈革命。再说，我不喜欢乱七八糟的普通群众，他们满口的大葱味，满身的乌烟瘴气，起得早，吃得坏，那怎么行！

主　席　那你来革命可以得到什么呢？

保尔亲王　我的朋友，我已经没有什么可以失掉了。那个没头没脑的小子，那个新登位的沙皇，已经把我流放了。

薇　　娜　　流放到西伯利亚？

保尔亲王　　不，流放到巴黎。他没收了我的房屋财产，免去了我的职务，赶走了我的厨子，使我除了随身所带的以外，就一无所有了。所以我要来报仇。

主　　席　　这样说来，你有理由成为我们的一分子。我们每天开会也就是要报仇。

保尔亲王　　你们当然没有钱，没有一个有钱人会造反的。看。（把钱放在桌上。）你们有这么多人要打听消息，我是俄国消息最多的人。政府的坏事几乎都是我干的。

薇　　娜　　主席，我不相信这个人。他在俄国对我们做了这么多坏事，我们不能让他随意离开。

保尔亲王　　相信我，小姐，你错了。我对你们圈子里的人是一个最有用的人；至于你们这些男人，如果我不是认为你们对我有用，我凭什么冒了生命的危险到你们这里来，凭什么比平时早一个钟头就进餐呢？

主　　席　　唉，如果他是要侦察我们的，薇娜，他就用不着自己来了。

保尔亲王 （旁白）用不着,我会要我最好的朋友来。

主　席 再说,薇娜,他正是我们需要的人,能给我们情报,让我们去做今夜要做的事。

薇　娜 但愿你能如愿以偿。

主　席 诸位兄弟,你们是不是同意保尔·马拉洛夫斯基亲王发誓参加我们无政府主义的组织?

造反派 同意!同意!

主　席 （拿出一把匕首和一张纸。)保尔亲王,你要吃一刀还是要发誓?

保尔亲王 （冷笑。)我当然愿意消灭别人,不让别人消灭。(拿起誓约。)

主　席 记住:如果你出卖了我们,只要地球上还有钢刀或毒药,只要男人能动手而女人能动口,你就逃不了我们的惩罚。无政府主义者不会忘记他们的朋友,也不会宽恕他们的敌人。

保尔亲王 当真?我想不到你们还有这样文明。

薇　娜 他怎么还不来?他不会保留王冠的,我了解他。

主　席　签名吧。(保尔亲王签字。)你说你认为我们没有信念。你错了。读读誓约!

薇　娜　这很危险,主席。这个人对我们有什么用?

主　席　我们可以利用他。

薇　娜　然后呢?

主　席　(耸肩。)绞死他。

保尔亲王　(读誓约。)"人类的权利!"从前,人生下来就有个人的权利,现在,一个孩子一生下来似乎口里就说自己有社会权利,说得比自己的嘴巴还大。"自然不是庙宇,而是工厂:我们有权要求工作。"啊,在这方面我要牺牲我自己的权利了。

薇　娜　(在后面走来走去。)啊,他怎么还不来?他怎么还不来?

保尔亲王　"家族是反对社会公有制的,应该推翻。"对了,主席,我完全同意这第五条。家庭是一个可怕的障碍,尤其是在一个人还没有结婚的时候。(有三次敲门的声音。)

薇　娜　亚勒西到底来了!

幕后声　打倒暴政!

回答声　打倒王族！

（麦克·斯特洛伽诺夫上。）

主　席　麦克是杀死沙皇的人！弟兄们，我们来庆贺一个杀了国王的人吧。

薇　娜　（旁白）啊，他还没来！

主　席　麦克，你救了俄国。

麦　克　唉，推翻暴君，俄国暂时得到了自由，但是自由的太阳像秋天的黎明一样消失了。

主　席　难道俄国暴政的黑夜还没有过去？

麦　克　（抓住手中的刀。）再有一次打击，结局就真到了。

薇　娜　（旁白）再有一次打击！他这样说是什么意思？啊，不可能！但是他为什么不同我们站在一起？亚勒西！你为什么还没有来？

主　席　但你是怎么逃脱的，麦克？他们说你也被抓去了。

麦　克　我穿的是皇家卫队的制服，值日的上校是个兄弟，告诉我出入的口令，我就安全通过了部队，感谢我这匹好马，不等城门关闭就出了城。

主　席　他能出来是多么幸运。

麦　克　幸运？没有什么幸运，是上帝的手指向这里来的。

主　席　你这三天怎么过的？

麦　克　藏在十字路口尼柯拉神甫家里。

主　席　尼柯拉是一个好人。

麦　克　好到能做一个神甫。我现在来要向一个叛徒报仇。

薇　娜　（旁白）啊，天哪，他怎么还不来？亚勒西！你为什么还不来？你不可能成了叛徒吧！

麦　克　（一眼看见保尔亲王。）保尔亲王也在这里！天哪，怎么抓到这样好的俘虏！这一定是薇娜的杰作。她是唯一能够引诱这条毒蛇上钩的好手。

主　席　保尔亲王刚刚在誓约上签名了。

薇　娜　沙皇亚勒西已经把他赶出俄国。

麦　克　呸！瞎子才会这样骗人。我们要把保尔亲王留在这里，在我们的恐怖统治中做一份工作。在这种时候他是做血腥工作的能手。

保尔亲王　（走近麦克。）你真善于远程射击，我亲爱的同志。

麦　克　自从我是一个孩子的时代开始，我就射过亲王大人的野猪。

保尔亲王　那么我的猎户也像田鼠一样老是打瞌睡了。

麦　克　不，亲王，我也是个猎夫，不过像你一样，我也喜欢射我应该看守的野猪。

主　席　这对你恐怕是一个新环境吧，保尔亲王。我们彼此谈话都是直来直去的。

保尔亲王　你的话要引起误解了。你们这一伙人里什么人都有，我看是一个小杂烩吧。

主　席　你会看出一大伙好朋友来，我能这样说吗？

保尔亲王　当然可以。贵族中也是胳膊多于脑袋的嘛。

主　席　但是你也来了。

保尔亲王　我吗？不做首相，没办法，只好来做无政府主义者了。

薇　娜　天呀，他怎么还不来？钟该敲几点了，他为什么还不来？

麦　克　（旁白）主席，你知道我们必须做什么？一个好猎人不会留下狼崽子来为老狼之死报仇的。我们怎么能抓住这个小子？今夜一定要抓到他。明天他就会向人民抛出改革的汤汤水水，那时再要建立共和国就太晚了。

保尔亲王　你说得对。好国王都是民主的敌人，当他开始排斥我的时候，你们可以肯定他是一个爱护王国的爱国者。

麦　　克　我讨厌爱国的国王，俄国需要的是一个共和国。

保尔亲王　诸位先生，我给你们带来了两份我认为你们会感兴趣的文件——一份是这个年轻的小子打算明天公布的宣言，另外一份是他今晚住在冬宫写的大计划。(拿出文件。)

薇　　娜　我不敢过问他们的计划。啊，亚勒西为什么还没有来？

主　　席　亲王，这是非常宝贵的消息。麦克，你说对了。如果不是今晚得到消息，那就会太晚了。读读计划吧。

麦　　克　啊！一块面包抛给一个饥饿的民族。一个欺骗人民的谎言。(把文件撕碎。)今晚要动手。我信不过他。要是他真爱他的百姓，他还会保住他的王冠吗？但是我们怎么能抓住他呢？

保尔亲王　这是王宫通往街上便门的钥匙。（交出钥匙。）

主　席　亲王，我们欠你的情了。

保尔亲王　（微笑。）这是无政府主义者的正常情况。

麦　克　对，不过我们现在要付利息来还债了。一个星期打倒两个国王。这就是收支两清了。我们本来该打倒一个首相的，但是他自己上门来了。

保尔亲王　啊，你告诉我的，使我消受不了。这使我到你们这里来的奇遇失掉了栩栩如生的形象和千辛万苦的冒险精神。我本来以为我是冒了生命危险，提着脑袋到这里来的，你们却告诉我：我来才保住了我的性命。一个人如果想从现实生活中得到一点浪漫的享受，那是一定要大失所望的。

麦　克　丢掉脑袋可不是什么浪漫的事情，保尔亲王。

薇　娜　（倒在椅子里。）啊，时间已经过了，时间已经过了。

麦　克　（对主席说。）记住：明天就太晚了。

主　　席　弟兄们,现在正是时间。我们的人还有谁没来呀?

造反派　亚勒西!亚勒西!

主　　席　麦克,读第七条规定。

麦　　克　任何弟兄如果不响应号召出席会议,主席就应该查询他是不是有什么不对头的地方。

主　　席　亚勒西兄弟有什么不对头的地方?

造反派　他戴了王冠!他戴了王冠!

主　　席　麦克,读革命法规第七条。

麦　　克　"在无政府主义者和戴王冠的人之间,只有一场死战。"

主　　席　弟兄们,你们怎么说;沙皇亚勒西是不是有罪?

全　　体　有罪!

主　　席　应该判什么刑?

全　　体　死刑!

主　　席　一切要准备好;死刑今夜执行。

保尔亲王　啊,这真有趣!我怕造反也和法庭一样没有什么意思了。

马尔法教授　我的本领是写宣传文章而不是开枪杀

人。不过，杀死国王在历史上还是有一席之地的。

麦　克　如果你的手枪和你的笔一样软弱无力，那这个年轻的暴君就可以活到老了。

保尔亲王　你也应该记住，教授，如果你被抓住了，这是有可能的；而如果你被吊死了，那肯定无疑的是，就没有人再读你的文章了。

主　席　弟兄们，你们准备好了没有？

薇　娜　（吃了一惊。）没有！没有！我还有一句话要说。

麦　克　（旁白）该死！我知道她会这样的。

薇　娜　这个年轻人是我们的兄弟。他一夜又一夜冒了生命的危险到我们这里来。一夜又一夜街上多的是探子，家里多的是叛徒。作为国王的儿子，他不过吃得好、住得好的生活，却跑到我们这里来了。

主　席　啊！他用了一个假名。他一开始就对我们说谎，他对我们说谎说到底了。

薇　娜　我敢发誓他是老实的。这里没有一个人不是他救过多次命的，当血腥的猎狗在夜里追我们的时候，谁使我们不受逮捕、拷打、折磨到死的？只有他，只有你们想要杀死的他。

麦　克　杀死所有的暴君是我们的责任。

薇　娜　他不是暴君。我知道得很清楚！他爱护老百姓。

主　席　我们也知道他；他是一个叛徒。

薇　娜　叛徒？三天前他就可以出卖你们这里的每一个人，上断头台本来可能是你们的命运，他却一次救了你们大家。给他一点时间吧——一个星期，一个月，给他几天！——天呀，现在可不能乱来！

造反派　（举起匕首。）就是今夜！今夜！今夜！

薇　娜　静一静！你们喉咙里都有毒蛇；静一静！

麦　克　怎么，我们不消灭他：我们要不要遵守誓言？

薇　娜　你们的誓言！誓言！你们谁不贪财？每个人的手都想要邻居的钱。每颗心都想抢劫。你们谁头上戴了王冠会把王国让乱民去抢劫？人民是不适合把俄国变成共和国的。

主　席　每个国家都适合建成共和国。

麦　克　这个人是一个暴君。

薇　娜　暴君？难道他没有赶走那些做坏事、说坏话的大臣？他父亲活着的时候带来凶兆恶声的乌鸦把翅膀和爪子剪短，却跑来要我们为他报仇。啊，原谅他吧。让他多活一星期吧。

主　席　薇娜在为一个国王说情！

薇　娜　（自豪地）我不是为国王说情，而是为了一个兄弟。

麦　克　为了一个背叛誓言的人。有些傻子给他穿上王袍；他却把王袍抛还他们。不，薇娜，不行。那伙人还没有死，那块土地也没有累得不能再生孩子了。在俄国没有一个戴王冠的人能活着来污染上帝的新鲜空气。

主　席　你要求我们考验你一次；我们已经考验过了，但是却没有找到你。

麦　克　薇娜，我不是瞎子；我知道你的秘密。你爱上了这个年轻人，这个王子脸孔漂亮，头发卷起，双手又嫩又白。你这傻瓜，他会说谎的舌头使你上当了，你不知道他会给你什么，你以为这个年轻人会爱你？他会把你当作他的情妇，用你的身体来寻欢作乐，等到他厌倦了，他就把你抛弃；而你是自由的宣传人，革命的火种，民主的烈焰啊。

薇　娜　他将来会怎样对我，这并不太重要。但是，至少他对人民是忠实的。他爱人民——至少，他爱自由。

主　席　因此他就会成为平民国王了，是不是？而我们却会饥饿而死。他会像他的父亲一样用甜言蜜语来欺骗我们，像他们那一家人一样来对我们说谎，是不是？

麦　克　而你呢，你的名字本来会使每个专制君王吓得发抖，薇娜·萨布洛夫，你却为了一个情人出卖了自由，为了爱情而出卖了人民！

造反派　叛徒！投票吧，投票吧！

薇　娜　你的喉咙在说谎，麦克！我不爱他，他也不爱我。

麦　克　你不爱他吗？那他就不能免死了。

薇　娜　（努力握紧拳头。）啊，他应该处死，这是对的。他违背了誓言。欧洲不应该有戴王冠的人。我不是发过誓了吗？为了强盛，我们的新共和国一定要喝国王的血。他违背了他的誓言。父亲死了，所以也让儿子死吧。然而不是今夜，不是今夜。俄国已经受了几个世纪的迫害。为了自由，还可以多等一个星期。那就给他一个星期吧。

主　席　我们不要你这样的人了！和你所爱的年轻人一起走吧。

麦　克　即使我发现他在你怀里，我也会杀了他。

造反派　就杀了他。

麦　克　（举起手来。）等一等！我有话要说：（走到薇娜身边慢慢说。）薇娜·萨布洛夫，你忘了你的哥哥吗？（停下来看效果；使薇娜吃惊。）你忘记了他年轻的面孔饿得面无血色，他年轻的手和脚折磨得东倒西歪，身上的铁链压得他举步维艰。哪里给过他一个星期的自由？哪里同情过他一天半夜？（薇娜沉重地坐到椅子里。）哦，你那时可以轻松地谈到报仇、谈到自由吗？当你说你要来莫斯科的时候，你的老父抱住你的腿不要你让他身边没有儿女，孤苦伶仃。我似乎还听见他在我耳边放声大哭，而你却像石头站在路边不动，像山上的冰雪一样生硬寒冷。那一夜你离开了你的父亲，三个星期之后他就伤心而死了。你写信要我跟你到这里来。我来了，首先是因为我爱你，这一点你很快就使我安了心。无论我多么温存体贴，多么怜悯同情，多么看重人道，都在我心中被你摧毁了。就像害虫大吃谷物，急病害死小孩一样。你要我把胸中的感情当作坏事抛弃，你使我的手成了铁拳，使我的心硬得像石头；你告诉我要为自由而生，为报仇而活。我照着你的话做了；而你自己呢，你却干了什么？

薇　娜　让我们抽签吧！（造反派鼓掌欢迎。）

保尔亲王　（旁白）啊，大公爵要登基了，比他想象的还早啊，在我的指引之下，他肯定会成为一个好国王的。他对动物这样残忍，而且说了话从来不算数。

麦　克　现在，最后的你才是真正的你了，薇娜。

薇　娜　（站在群众中间一动不动。）抽签，我说，抽签！现在我不是个女人了。我的心冷酷得像钢铁，我的手更会要人的命。从沙漠里，从坟墓中，我被毒死的哥哥正在大声喊叫，要我为自由做出打击。抽签吧，我说，抽签吧！

主　席　你们准备好了没有？麦克，你有权第一个抽签；你是个会杀国王的人。

薇　娜　啊，天哪，落到我手里来了！落到我手里来了！（大家从一个骷髅头盖下的碗里抽签。）

主　席　开签吧。

薇　娜　（开签。）这是我的签！看上面的血迹斑斑！德米特里，我的哥哥。你现在要报仇了。

主　席　薇娜·萨布洛夫，你被选中去杀国王，上帝有眼对你开恩。用刀还是用毒药？（送上匕首、毒药。）

薇　娜　我相信我的手用刀不会用错。（拿起匕首。）我要刺他的心，就像他伤我的心一样。叛徒，为了一条绶带、华丽而俗气的东西、一个廉价的小玩意，天天来这里对我说谎，转眼就把我们忘记了。麦克说得对，他不爱我，不爱人民，我要生了一个男孩也该用奶毒死他的，免得他做国王害人。(保尔亲王低声和主席说话。)

主　席　对，保尔亲王，这是最好的办法。薇娜，沙皇今夜在王宫北边的卧室里。这是路旁便门的钥匙。回答卫兵口令的暗号就会告诉你。沙皇自己的仆人都会被打发走开，你会发现室内只有他一个人。

薇　娜　那好，我不会放过这个机会的。

主　席　我们会在外面圣艾萨克广场的窗下等你。圣尼古拉钟楼钟鸣十二点的时候，你应该发出信号，说这条狗已经杀死了。

薇　娜　发什么信号呢？

主　席　你给我们把带血的匕首抛出来。

麦　克　匕首还在滴国贼的鲜血。

主　席　要不然，我们就知道你是给他们抓住了，我们就会冲进门去，把你从卫兵手里拉出来。

麦　克　并且把国王在卫队中杀死。

主　席　麦克，你带头好吗？

麦　克　好，我来带头。希望你不要失手，薇娜·萨布洛夫。

薇　娜　傻瓜，难道杀死一个敌人会这样困难？

保尔亲王　（旁白）这是我在俄国看到的第九次造反，结果总是看到我的朋友"到西伯利亚去旅游"，而我却要立功受奖。

麦　克　这是你最后一次造反了。

主　席　十二点钟，带血的匕首。

薇　娜　对，留着那个假仁假义人的鲜血。我不会忘记的。（站到舞台中央。）要扼杀我心中自然的感情，既不爱别人，也不要人爱；既不怜悯别人，也不要别人怜悯。对，这是誓言，誓言。我看夏绿蒂·柯岱的誓言精神已经进入我的灵魂了。我要把我的名字刻在世界上，和伟大的女英雄齐名。对，夏绿蒂·柯岱的精神已经在我的每一条血管中流通，使女人的手有打击的力量，正如我使女人的心充满了仇恨一样。即使他在梦中欢笑，我也不能犹豫。即使他睡得心平气和，我也不能不击中目标。高兴吧，我的哥哥，虽然你身在窒息的坟墓中，今夜也可以大笑了。今夜，这个羽毛还没有丰满的沙皇就要拖着血淋淋的双脚走进地狱,去和他的父亲会面。这个沙皇!啊,言行不一,说谎话,发假誓,欺骗了我的沙皇!在我们当中冒充爱国,现在却戴上了王冠,像犹大一样为了三十个硬币就出卖了我们,为了一个吻就可以变心!(更激情地)自由啊,永恒有力的母亲,为你牺牲的人用鲜血染紫了你的王袍!你的王位是人民的十字架,王冠是荆棘。十字架上的母亲,暴君钉死了你的双手双脚。你渴了向神甫讨水喝,他们给你苦水。他们用刀刺你的腰,世世代代都嘲笑你。祭坛上的自由啊,我为你献身,任你处置!(挥舞匕首。)结局到了,自由啊,我用你的伤痕起誓:俄国一定得救!

(第三幕完)

第四幕

沙皇卧室前厅。背景是大窗户,上有窗帘。彼得罗维支亲王、拉夫男爵、波伊夫拉侯爵、鲁瓦洛夫伯爵在场。

彼得罗维支亲王　他开始干得不错，这个年轻的沙皇。

拉夫男爵　（耸肩。）所有年轻的沙皇开始干得都不错。

鲁瓦洛夫伯爵　但是结果很坏。

波伊夫拉侯爵　那好，我没有权说他不好。怎么样说，他对我也帮了大忙。

彼得罗维支亲王　是不是取消了你去大安琪儿省的任命？

波伊夫拉侯爵　是，去了那里，我的脑袋连一个钟头的安全都没有。

（柯登金将军上。）

拉夫男爵　啊！将军，我们浪漫的皇帝有什么新消息没有？

柯登金将军　你说他浪漫真说对了，男爵；一个星期前，我发现他在舞台上和一伙演员打得火热，今天又发现他心血来潮把送到西伯利亚去的犯人都放回来了，他还说他们是政治犯呢。

彼得罗维支亲王　政治犯？为什么？他们有一半不过是普通的杀人犯罢了！

鲁瓦洛夫伯爵　另外一半要坏得多。

拉夫男爵　啊，你冤枉他们了，肯定的，伯爵。批发总比零卖便宜。

鲁瓦洛夫伯爵　不过，他的确是太浪漫了。昨天，他反对我垄断盐税。

波伊夫拉侯爵　啊，这还不算什么。不过，他的确反对每夜举行国宴，因为南方各省还闹饥荒呢。

（年轻的沙皇上。听了大家的话，大家没有发现。）

彼得罗维支亲王　多么愚蠢！老百姓越闹饥荒越好。饥荒教训他们应该节约，这是最好的品德，男爵，黑市最好的品德。

拉夫男爵　我时常听见这样说；我时常听见这样说。

柯登金将军　他还谈到俄国应该有个议会，说老百姓应该有议员代表他们。

拉夫男爵　仿佛老百姓在街上叫得还不够，我们应该给他们一个房间去大吵大闹。不过，诸位先生，最坏的还没说到呢。他还说要改革公共税务，说老百姓的税收得太重了。

波伊夫拉侯爵　他说这话不是真心。老百姓除了给我们钱，还有什么用处？谈到上税，我亲爱的男爵，你明天能给我四万卢布吗？我夫人说她一定要新的金刚钻手镯呢。

鲁瓦洛夫伯爵 （对拉夫男爵说私话。）啊，我看恐怕是要配得上保尔亲王上个星期送她的那一个吧。

彼得罗维支亲王 我目前迫切需要六万卢布，男爵。我儿子欠了债不得不还，可是他还不了。

拉夫男爵 你的儿子真了不起，和他父亲简直一模一样！

柯登金将军 你总搞得到钱。我却连搞一分钱的本领也没有。真是难受；简直可笑！我的侄子要结婚了，要我为他多弄点嫁妆。

彼得罗维支亲王 我亲爱的将军，你的侄子一定是个土耳其人。他似乎一个星期要结三次婚。

柯登金将军 的确，他需要嫁妆来安慰他。

鲁瓦洛夫伯爵 我在城里住厌了，要在乡下有栋别墅。

波伊夫拉侯爵 我却在乡下住厌了，要在城里有一栋房子。

拉夫男爵 我非常对不起你们。你们的问题都不是问题。

彼得罗维支亲王　那我的儿子呢，男爵？

柯登金将军　那我的侄子呢？

波伊夫拉侯爵　那我城里的房子呢？

鲁瓦洛夫伯爵　那我乡下的房子呢？

波伊夫拉侯爵　那我夫人的金刚钻手镯呢？

拉夫男爵　诸位，不可能！俄国的旧政权已经垮台；葬礼今天开始。

鲁瓦洛夫伯爵　那我要等到复兴节了。

彼得罗维支亲王　对，不过，等的时候我们干什么呢？

拉夫男爵　当一个沙皇提出要改革的时候，我们在俄国的人能做什么？什么也不能做。你忘记了我们都是外交官。有思想的人总是没有行动的。在俄国，改革也是悲剧，不过结果却往往闹成了笑话。

鲁瓦洛夫伯爵　但愿保尔亲王在这里。说句闲话，我觉得这个年轻国王对不起他。如果那个聪明的老亲王没有立刻宣布他是新沙皇，而没有给他考虑的时间，那他本来可能会放弃王冠的，我甚至认为，他会把王冠交给路上碰到的第一个臭皮匠。

彼得罗维支亲王　但是男爵，你认为保尔亲王是真心吗？

拉夫男爵　他被流放了。

彼得罗维支亲王　对，但是他去了吗？

拉夫男爵　这点我敢肯定，至少他亲口对我说过：他拍了两个电报给巴黎——谈到他的晚餐。

鲁瓦洛夫伯爵　啊！这就解决问题了。

沙　皇　（走上前来。）保尔亲王最好拍第三个电报，（数一数谈话的人数。）要求加六个位子。

拉夫男爵　是魔鬼！

沙　皇　不，男爵，是沙皇。叛徒！世上不会有坏国王，如果没有你们这样的坏臣子。就是你们这样的坏蛋使伟大的帝国触礁了。我们的俄国母亲不需要这样的坏孩子。你们已经无可救药。坟墓和断头台都不能起死回生，但是我可以开恩。我给你们一条生路，这是我的诅咒。但是明天夜里如果你们还有人留在莫斯科，你们的头就不会留在颈上。

拉夫男爵　你使我们妙不可言地想起了你的父王。

沙　皇　我把你们驱出俄国。把你们的财产没收，归还人民。你们可以带走你们的官衔。男爵，俄国的改革结果是场笑话。彼得罗维支亲王，你有很好的机会练习否定自己，这是极好的品德！因此，男爵，你认为俄国的议会只是一个吵吵闹闹的地方，那好，我要议会把每次开会的报告都按期送给你看。

拉夫男爵　王上，你使流亡增加了恐怖。

沙　皇　你现在有时间读文件了。你忘记了你是外交官。思想和行动应该是没有联系的。

彼得罗维支亲王　王上，我们只是开开玩笑。

沙　皇　你的玩笑开得不好，我把你们放逐了。祝你们旅途平安。（六大臣下。）俄国摆脱了这种人。他们是跟在狮子后面的狐狸。他们没有勇气，只会偷盗抢劫。要不是这些人和保尔亲王，我父亲本来可能会是一个好国王的，不会这样恐怖地死亡。多么奇怪，人生最真实的一面往往似乎是个梦！会议，可怕的杀人法律，逮捕，院子里的呼喊，枪击，我父亲的血手，然后是王冠！一个人可以活了好多年却没有过真正的生活，然后整个生活却集中在一小时之内。我没有时间去细想了。我父亲死前凄惨的呼喊还没有在我耳朵里消失，王冠就戴到了我头上，紫色的王袍就穿上了身，并且听见大家称我为王的呼声，那时，什么对我都算不了什么，我什么都不想接受；但是现在，我能放弃吗？你好，上校，什么事呀？

（卫队上校上。）

上　校　皇上要今夜的口令是什么？

沙　皇　口令？

上　校　皇上，王宫值夜卫士用的口令。

沙　皇　你撤了卫兵吧，我用不着保卫了。（上校下。）（沙皇走近放在桌上的皇冠。）这个外强中干的东西能做多少伤天害理的事啊，这顶王冠一戴到头上，就可以使人变成天神。一手抓住这个如火如荼的世界，把胳臂伸到地球最遥远的地方，给海洋系上主子的腰带；这就是戴上王冠了！戴上王冠了！俄国最贫穷的农奴如果得到了爱情，他戴的帽子也比我这顶王冠更好更重呢！关在这座皇宫里，每走一步都有探子跟在后面。我听不到她的一点消息；从三天前那个可怕的时刻起，我就没有再见到她一面，那时我发现自己突然一下成了俄国这块辽阔的沙漠上的沙皇。啊，但愿我能再见她一面，告诉她我从前不敢告诉她的，关于我生活的秘密。告诉她为什么我发誓反对戴王冠的人，自己却戴起王冠来了！今夜无政府主义者要开会。这不知道是谁通知我的；但我怎能去呢？我已经违背誓言了！我已经违背誓言了！

（侍仆上。）

侍　仆　已经十一点了。今夜要不要我在寝宫门口站岗？

沙　皇　为什么要站岗？

侍　仆　是前沙皇的命令，皇上睡时要人守卫。

沙　皇　我的父王怕人干扰。你去睡吧，年轻人，已经快到夜半时刻了，这样晚的时间不睡，会使你的脸变得灰溜溜的。（侍仆要吻他的手。）不要，不要，我们小时候玩接吻的游戏玩得太多了。啊，和她呼吸同样的空气，却见不到她！生命似乎失去了光辉，我的日子里已经没有太阳了。

侍　仆　皇上——亚勒西——今夜让我留在你的身边，我怕你会有危险呢。

沙　皇　我怕什么危险？我把我的敌人都从俄国赶走了。把火盆搬到我身边来。天气好冷，我要在火边坐坐。去吧，年轻人，去吧；我今夜要想的事情太多了。（走到舞台后方，把窗帘拉到一边。看看莫斯科的月下景色。）从傍晚起，雪就下得很大，城市在惨白的月色下看起来多么寒冷，多么凄凉啊！然而，在这个寒冷的俄国虽然冰天雪地，我们的心又是多么热烈，跳得多么快啊！啊，只要见她一面；把什么都告诉她；告诉她我为什么成了国王！但是她并没有怀疑过我，她说她永远相信我。虽然我违背了誓言，她还是会相信我。这里很冷。我的外套呢？我要睡一个小时。我已经要雪橇来。死也要见薇娜一面。我不是叫你走吗，年轻人？怎么！一定要我像个暴君一样下命令？走吧，走吧！我不能活着不再见她一面。我的马一个小时就可以跑到她那里去。我和爱情之间只有一小时的距离！这个火盆的煤味怎么这样重啊！

（侍仆下。沙皇在火盆边躺下。）

（薇娜穿黑衣上。）

薇　娜　睡了！天呀！真好！现在，什么也不能把他从我手中夺走了。这就是他！这个成了国王的民主党人，戴上王冠的共和党人！这个公然对我们说谎的叛徒。麦克说得不错。他爱的不是人民。他爱的不是我。（向他弯下腰去。）啊，这样甜蜜的嘴唇怎么会吐出这样致命的毒药来？难道他金黄的头发上面的金子还不够多，还要用王冠来玷污它？但是我的日子现在来到了；人民的日子、自由的日子来到了！虽然我已经扼杀了我的天性，我没有想到过杀人会这样容易。只要一刀下去，就大功告成，可以把手在水里洗得干干净净，洗得干干净净。动手吧。我要拯救俄国。我已经发过誓了。（举起匕首要砍下去。）

沙　皇　（忽然惊醒，抓住她的双手。）薇娜，怎么是你！我的梦想并不是梦。你为什么让我孤零零地待了三天？那是我最需要你的时候啊！天哪，你以为我是一个叛徒、一个说谎的人、一个国王？是的，那都是为了爱你啊。薇娜，为了你，我才违背了我的誓言，才戴上了我父亲的王冠。我愿意把这个强大的俄国放在你的脚下，你和我都热爱这个国家，我愿意把这个地球给你当作一块垫脚石！把这个王冠戴在你头上。人民会爱我们的，我们的统治也会像父母统治儿女一样充满了爱情。在俄国的每个人都可以享受自由，都可以随心所欲。人们都有自由说他们想说的话。我已经赶走了吃人的虎狼；已经把你的哥哥从西伯利亚放回来了；我已经使矿山张开了黑暗的牙齿。宣布命令的信使已经上路了；一个星期之内，德米特里和他的同伴都会回到他们的故土。人民都会得到自由——他们现在已经自由了——而你和我，这个强大国家的皇帝和皇后，将要和他们在一起过热情幸福的生活。当他们先把王冠给我的时候，我本来想还给他们的，但后来一想到你，薇娜，天呀！俄国人的习惯是要给他爱的人献上礼物的。我就对自己说：我要献给我所爱的人，一个帝国，一国的国民，一个世界！薇娜，那都是为了你，就只是为了你，我才戴上这顶王冠，只是为了你，我才愿做国王的。啊，我爱你超过了我的誓言！你为什么不和我说话呀？难道你不爱我吗？难道你不爱我吗？你来警告我有人要谋害我的生命。生活中如果没有了你，生命又有什么价值？

（造反派在外低声细语。）

薇　娜　啊，完了！完了！完了！

沙　皇　不，你在这里是安全的。还要过五个小时才天亮。明天，我就带你去见全国老百姓。

薇　娜　明天？

沙　皇　我要在父亲的大教堂里亲手为你加冕，封你为皇后。

薇　娜　（猛然挣开他的手，吓了一跳。）我是一个无政府主义者，怎么能戴王冠！

沙　皇　（跪在她脚下。）我现在不是国王，只是一个爱上了你的年轻人。我爱你超过了荣誉，超过了誓约。为了爱老百姓，我愿意做一个爱国的人。为了爱你，我成了誓约的叛徒。让我们一起向前走吧，我们要和普通老百姓生活在一起。我不是国王，我不是国王。我要像农民，甚至像农奴一样劳动。啊，你也给我一点爱情吧！（造反派在外面低声说话。）

薇　娜　（抓住匕首。）我要扼杀我的人性，既不爱人，也不要人爱。既没有感情，也——啊，我是一个女人！上天帮我，我是一个女人！啊，亚勒西！我也违背了誓言；我也是个叛徒。我也在爱。啊，不要说了，不要说了。（吻他的嘴唇。）这是第一次，也是最后一次。（他把她抱在怀里，他们并坐床上。）

沙　皇　我现在可以死了。

薇　娜　死神在你嘴里说了什么？你的生命，你的爱情，都是战胜死神的对手。不要谈论死亡。时间还不到呢，时间还不到呢。

沙　皇　我也不知道死亡为什么进入了我的心中，也许是生命的酒杯里装满了欢乐，使我消受不了。这就是我们的新婚之夜啊。

薇　娜　我们的新婚之夜？

沙　皇　即使死神来了，我想我也要吻她苍白的嘴唇，吸饮她嘴里甜蜜的毒液。

薇　娜　我们的新婚之夜？不是，不是。死神不能在我们的婚礼酒宴上有一席之地。欢乐的宴会容不下悲伤的面孔。

沙　皇　何况是我们的婚礼。（造反派在外低声密语。）

薇　娜　那是什么声音？你什么也没有听见吗？

沙　皇　我只听见你的声音，猎人的歌声吸引了我的心，就像吸引飞鸟落入黏液的网罗一样。

薇　娜　我想那是笑声。

沙　皇　那只是风雨的叫嚣声。夜里总是会起风下雨的。

（造反派在外轻声密语。）

薇　娜　的确可能是风声呼号。啊，你的卫队呢？你的卫队到哪里去了？

沙　皇　他们除了回家还能到哪里去？我不能总是生

活在钢铁刀剑之间。老百姓的爱戴才是国王最好的护卫。

薇　娜　老百姓的爱戴？

沙　皇　我甜蜜的情人，你在这里是安全的。这里没有什么会加害于你。啊，爱情，我知道你是相信我的：你说过你信任。

薇　娜　我有过信任。啊，爱情，过去似乎是无聊的灰色梦，我们的灵魂到底醒过来了，到底这才是生活。

沙　皇　啊，到底是生活了。

薇　娜　我们的新婚之夜。啊，让我今夜喝完我满满的爱情之杯吧！不，我甜蜜的心灵。时间还不到呢，时间还不到呢。夜是多么沉静，然而我却觉得空气中充满了音乐。那是夜莺厌倦了南方，飞到荒凉的北方来为我们这样的情人歌唱了。这是夜莺，你没有听见吗？

沙　皇　啊，亲爱的，我的耳朵除了你甜蜜的声音，已经听不见任何甜言蜜语。而我的眼睛除了你之外，也看不见任何美人美景了。否则，我也会听到夜莺的歌声，看见金光闪闪的朝

　　　　阳不到时间就偷偷地从阴暗的角落里爬了出来，那都是为了妒忌你比它们漂亮一倍还不止啊。

薇　娜　然而，我宁愿你能听到夜莺的歌声，因为这只美丽的鸟儿恐怕不会再歌唱了。

沙　皇　这不是夜莺，这是爱神因为你成了他的选民而兴高采烈地歌唱。（钟声响十二点。）啊，听，甜蜜的人儿；这是情人的钟声。来吧，让我们到外面去听这夜半钟声从一个钟楼到另一个钟楼传遍了辽阔的白城。这是我们的新婚之夜。那是什么声音？那是什么声音？（造反派在街上大声喧哗。）

薇　娜　（挣脱他的怀抱，冲向舞台中心。）庆贺婚礼的宾客都来了！啊，你们可以看到婚礼的象征！（刺刀刺向自己。）你们会看到婚礼的象征！（冲向窗口。）

沙　皇　（冲上前去。站在她和窗子之间，夺下她手上的匕首。）薇娜！

薇　娜　（紧偎着他。）把匕首还我！把匕首还我！街上的人要你的命！你没有卫兵保护你！这把带血的匕首就会宣布你的死亡。(街上的造反派开始大声喧哗。)啊,一分钟也不能耽搁!把匕首抛出去!把匕首抛出去!现在什么也救不了我的命;匕首上有毒药!我感到死亡已经来到我的心上。

沙　皇　(把匕首从她手中夺下。)死神也在我的心头;我们死也要死在一起。

薇　娜　啊,爱情!爱情!爱情!对我仁慈点吧!虎狼要你的命,而你一定要活着,为了自由,为了俄国,也为了我!啊,你不爱我!你曾经献给我一个帝国!现在,把匕首给我!啊,你真残忍!我用生命换取你的生命!那有什么关系!(街上大声呼唤:"薇娜!薇娜!救救薇娜!救救薇娜!")

沙　皇　死亡的痛苦对我已成过去。

薇　娜　下面的人要冲上来了!看!满身是血的人在你后面!

　　　　(沙皇转过身去。)啊!(薇娜抢过匕首,抛出窗外。)

造反派　(在下面)人民万岁!

沙　皇　你干什么事了！

薇　娜　我救了俄国。（死。）

　　　　（闭幕）